POTENTIAL
포텐

POTENTIAL 포텐 13

김민수 장편소설

초판 1쇄 찍은 날 | 2017년 12월 20일
초판 1쇄 펴낸 날 | 2017년 12월 28일

지은이 | 김민수
펴낸이 | 예경원

기획 | 위시북스
편집책임 | 이규재
편집 | 이즈플러스

펴낸곳 | 예원북스
등록번호 | 제396-2012-000132호
등록일자 | 2012. 7. 25
KFN | 제1-182호

주소 | 경기도 고양시 일산동구 호수로 646-24 위너스21 Ⅱ 빌딩 206A호 (우)10401
전화 | 031-819-9431 팩스 | 031-817-9432
E-mail | yewonbooks@naver.com

ⓒ김민수, 2016

ISBN 979-11-6098-617-4 04810
     979-11-5845-360-2 (set)

POTENTIAL
포텐
13
김민수 장편소설
WISHBOOKS MODERN FANTASY STORY
Wish Books

CONTENTS

POTENTIAL

포텐

82.
그레이트 서바이버 (2)

　사락사락, 페이지를 넘기는 소리만 가득한 방 안.

　탁자 하나를 사이에 두고 앉아 있는 두 남녀는 각자 손에 들고 있는 책을 탐독하느라 여념이 없었다. 더불어 탁자 위에 쌓여 있는 수북한 책더미들은 흡사 이곳이 도서관이 아닌가 하는 착각이 들게 할 정도였다.

　"이것들이……."

　그러나 이곳은 강북의료원 301호실. 서철중은 오후의 달콤한 낮잠을 즐기고 눈을 뜨자마자 목격하게 된 이 모습에 어이가 없어 헛웃음이 나왔다.

　"남의 병실에서 뭐하는 짓들이냐?"

　"깼어, 아빠?"

서은하가 뭐 필요한 거 없냐는 듯한 눈초리로 다가섰다.

"강민호는 정신 사납게 왜 여기서 알짱거리는 거야? 데이트라도 할 거면 네 엄마 부르고 나가든지."

"엄만 어제 내내 있었잖아. 이만큼 조용한 곳도 없고, 카페는 나가면 민호 씨 팬들이 몰려들어."

"나 참. 그래서 나 TV도 못 보게 계속 죽치고 있으시겠다?"

"기말고사 끝낼 때까지만 부탁해, 아빠."

"으휴. 신문이나 다오."

아무리 애지중지하는 딸이라지만, 이럴 때만큼은 얄미울 따름이었다. 옆에서 돋보기안경을 꺼내 착용하던 서철중은, 옆에서 뭐라 떠들든 말든 책에 고개를 파묻고 쉴 새 없이 중얼거리는 민호에게 시선을 던졌다.

"쟤는 네 얼굴 보러온 거야, 책 보러 온 거야?"

"민호 씨?"

서은하도 민호를 보더니 싱긋 웃었다.

"민호 씨만의 공부 방법이야. 한 번 저러면 5분은 옆에서 건드려도 잘 몰라."

"집중력이 좋은 건지, 얼이 빠진 건지."

"좋은 거지. 민호 씨가 내 이번 학기 공부 얼마나 도와줬는데."

"네 공부를?"

서철중은 서은하가 들고 있는 책의 제목을 흘끔 보았다. '국제사회이슈와 국제법'이라는 척 봐도 어려워 보이는 이야기.

이런 책을 공부하는 정치외교학 전공자를 돕는다는 것은 지식 수준이 상당히 높지 않으면 불가능한 일이었다.

'지난번 병원에서도 그렇고. 보면 볼수록 까내릴 구석이 없단 말이지.'

공부벌레 딸을 키워온 부모답게 서철중은 민호가 보통 수재가 아닐 것이란 생각이 들었다.

나쁜 짓이란 건 전혀 모를 것 같은 순진한 성격부터, 공부에 운동에 유머감각에. 이제껏 딸아이를 쫓아다녔던 사내놈 중에서 제일 낫다는 건 확실했다.

이렇게까지 아무 걱정이 안 드는 교제는 서철중도 처음 겪어보는 일이었다.

아빠가 한동안 민호를 보며 말이 없자, 서은하가 말했다.

"내일 미국으로 촬영 떠난데."

민호가 들여다보고 있는 책, '애팔래치아를 종주하는 하이커를 위한 안내서'를 가리킨 서은하가 말을 이었다.

"무척 위험한 곳이라고 관련 서적 막 보고 있어."

"위험한 곳이래 봤자 미국 아니냐? 가만, 너도 아프리카 어디 간다고 하지 않았어?"

"탄자니아."

"거기도 무척 위험한 곳 아니냐? 그쪽 동네 뭐였더라……
맞다, 르완다. 시민들 막 죽여서 UN 파병하니 어쩌니 법석
을 떨었잖아."

"아빠 언제 적 얘기를 하고 있어. 그리고 아프리카가 무슨
한국 땅만 한 줄 알아? 내가 가는 건 난민캠프고, 그곳에 가
서 어려운 사람들 돕고, 잘 촬영해서 더 많은 사람이 도와주
고 싶어 하는 마음이 들도록 하는 활동이야."

딸의 지식 타박에 서철중은 한숨을 쉬었다.

"미안하다. 내 교양이라는 게 형사 되기 전에 머물러 있
어서."

"르완다는 아빠, '인도주의적 개입' 때문에 이슈가 됐
던……."

서은하가 오랜만에 골 아픈 이야기를 늘어놓으려는 자세
를 잡자 서철중이 고개를 휘저었다.

"됐어, 됐어. 지구 반 바퀴 너머에 있는 나라 사정을 내가
알게 뭐야. 이 동네 범죄자도 다 못 잡아들이는 판에."

"두루두루 신경 쓰는 거지."

"나 신문 볼 동안 얼른 재 챙겨서 나가. 저녁이나 먹고 와.
그동안이라도 TV 좀 보자."

"아빠 식사는?"

"나는 여기 간호선생이 갖다 주는 맛없고 건강한 밥 먹으면 되니까."

"뭐 사다 줄까?"

"담배."

"그건 안 돼."

그럼 볼 것도 없다는 듯 서철중이 손을 저었다. 서은하는 "이참에 끊어"라고 냉정히 얘기하며, 민호의 앞으로 걸어갔다.

"민호 씨, 우리 식사하러 가요."

"아, 은하 씨. 잠시만요. 3장 남았거든요."

"그걸 벌써 다 봤어요?"

"대충만요."

"천천히 봐요, 저도 이것만 마무리 정리해 놓게."

"'공동의 그러나 차등적 책임의 원칙' 부분이죠? 그거 전에 외워뒀으니까 가면서 토론 도와줄게요."

이 대화에 서철중은 신문을 쫙 펼치며 '끙' 하고 한숨을 쉬었다.

딸아이가 아무리 자신의 병간호 때문에 움직이려 들지 않는다지만, 저 녀석도 그렇다. 병실에 앉아서 공부하는 만남을 얼씨구나 좋다고 함께하다니. 뭐하나 깔 것이 없는 놈이란 사실이 이리도 갑갑할 줄이야.

서철중은 이대로라면 애지중지 키워온 딸의 손을 조만간 완전히 놓아야 할지도 모른다는 불안감이 엄습해 왔다.

해가 저물어 가는 시간.

한강이 내려다보이는 곳에 차를 주차한 민호는 밖으로 걸어 나와 휴대폰을 들었다.

"네, 아버지. 이번에 미국에 가게 됐는데요. 혹시 스위스에서처럼, 애장품을 미처 못 챙겼던 일이……."

─없어.

"하하. 그렇죠? 해외 배송이 얼마나 활발한 시댄데. 그렇다면 말입니다."

민호는 윤환에게 단도직입적으로 말했다.

"이번에 애팔래치아, 그레이트 스모키 산맥의 야생 숲을 여행해야 하는데 도움될 만한 거 하나만 파세요."

─끊는…….

이젠 냉정하다 못해 거절도 초스피드다.

"아, 아버지!"

─언제까지 이 아비 애장품을 탐낼 셈이냐?

"평생?"

─전에도 말했다시피, 네 결혼 선물 아니면 앞으로도 불가야. 이런 얘긴 더 꺼내지도 마.

민호는 결혼이란 소리에 조수석에 앉아 있는 서은하에게 잠시 시선을 돌렸다. 눈이 마주친 그녀가 천천히 통화하라고 고개를 끄덕여 보였다.

"결혼은 먼 얘기지만, 조만간 제 여자친구랑 인사드리러 갈게요."

─맘에 든 아가씨가 있긴 있는 모양이구나.

"아버지도 만나 보시면 껌벅 죽으실 겁니다. 너~무 예뻐서."

전화 너머로 '팔불출 나셨군' 하고 중얼거리는 소리가 들려왔다.

"뭐, 저도 수준 높은 유품 길들이기에 도전하고 있는 이상, 앞으로는 전 세계를 돌며 확실히 수집해 보이겠습니다. 아버지가 엄청 부러워할 정도로요."

─기대하마. 그리고 미국이라고 했지? 거긴 우리나라 문화와는 다르게 오래전부터 그냥 사용해 온 건물, 물건이 많아서 보기보다 찾기는 쉬울 거다. 골동품 판매 체계도 확실히 갖춰져 있고.

"정말입니까!"

─땅덩이가 넓어서 문제지.

민호의 기분을 들었다 났다하던 윤환이 마지막으로 말을 이었다.

―남의 집 마당에 발끝만 들이밀어도 총 맞는 곳이니까 애
장품에 정신 팔려서 막 들어가지 말고.

"걱정 마십시오, 아버지!"

통화를 끝낸 민호는 해외계좌에 돈을 입금해 놔야겠다는
생각이 들었다.

달칵.

운전석에 올라타 서은하에게 눈을 돌렸다.

"생각난 김에 통화한다는 게 조금 길어졌어요. 미안해요,
은하 씨."

"아버님이셨어요?"

"네, 언제 놀러 오라네요."

"제 얘기도 했어요? 휴, 마음의 준비 좀 해둬야겠네요."

가슴을 한차례 쓸어내린 서은하가 바구니에 담긴 샌드위
치 포장지를 열어 민호에게 내밀었다.

"자요, 민호 씨 배고프죠?"

"고마워요."

민호는 대중의 눈을 피해 고작 샌드위치로 저녁을 해결해
야 하는 이 상황이 미안해서 사과하려는데, 한입 베어 문 그
녀가 웃으며 눈을 마주쳐온 통에 타이밍을 놓쳤다.

"맛있어요, 이거."

얼굴만 곱지, 마음까지 곱다.

"저 갔다 와서, 아니지. 은하 씨 봉사활동 끝나면요. 둘이 꼭 여행 가요. 아무도 못 알아보는 나라로."

"그럴까요?"

"그럼요. 거기가 무인도라도 은하 씨만 있으면 만족입니다."

민호는 샌드위치를 먹으며 다짐했다. 연예계 활동이나 애장품 탐색을 잠시 휴식하게 되더라도 반드시 그녀와 단둘이 지내고 말리라.

"참."

샌드위치를 오물거리던 서은하가 갑자기 생각난 듯 민호에게 고개를 돌렸다.

"이번에 제가 가는 UN난민기구 활동에 중국하고 일본에서도 되게 유명한 배우가 참여해요. 나라별로 한 명씩. 광고도 되게 크게 찍을 건가 봐요."

민호가 멈칫했다.

"그 배우들. 남자입니까?"

"아마도?"

"가지 마요."

"후후."

서은하는 민호의 입에 주스가 담긴 컵의 빨대를 물려주며 말했다.

"저희 아빠랑 연배가 비슷하신 분들이래요. 참여 연예인 중에는 제가 제일 젊죠. 그리고 말도 안 통하는데 무슨 걱정?"

"은하 씨는 남자를 몰라요. 나이와 국적 같은 건 미녀 앞에서 아무런 장애가 되지 않습니다."

민호는 단언에 '어이구, 그래요?'라는 얼굴로 웃던 서은하가 말했다.

"그러고 보니까 헐리웃 배우도 참여한다고 들었는데. 레나였나, 레아였나."

"레아…… 테일러?"

"아, 맞는 거 같아요. 그분."

민호는 레아 테일러에 대한 기억을 더듬어 보다 아주 신중한 목소리로 말했다.

"은하 씨. 혹시 레아 테일러가 같이 술이라도 먹자고 그러면 무조건 거절해요. 탄자니아 거긴 클럽 없겠죠? 아니다. 아예 친해지지 마요."

"응? 민호 씨, 이 배우 알아요?"

언젠가 술에 뻗은 레아를 등에 꽁꽁 묶고 제트스키를 탄 적이 있었다. 본의 아니게 든 밀착감에 흥분을 가라앉히려고 애국가를 몇 번이나 불렀는지 모른다.

물론, 이것은 서은하에게는 절대 하지 못할 이야기였다.

"아, 알죠, 영화에 자주 나오는데. 전에 인터뷰 영상을 봤었는데 무척 개방적인 분이라 은하 씨랑 안 맞을 거란 예상입니다. 전혀 안 어울리죠."

"이제는 여자한테까지 질투람."

이렇게 말하면서도 서은하는 민호의 반응이 재밌다는 듯 웃었다.

"큰일이에요. 최근 영화는 거의 못 봤는데. 한 달에 한 번씩 가족끼리 보는 건 죄다 옛날 영화라. 시험 끝나면 같이 참여하는 배우들 나온 영화 전부 챙겨봐야겠어요."

남들 다 즐기는 문화생활은 거의 즐기지 않고 오로지 학교와 배우 활동에만 전념해 온 서은하. 민호는 순백의 생활뿐이었던 그녀를 머나먼 땅에 홀로 보낸다는 것이 걱정되기 시작했다.

'반장님이 괜히 그렇게 나서시는 게 아니었어.'

민호는 샌드위치를 마저 먹은 뒤에 말했다.

"은하 씨, 호신술 배워서 가요."

"호신술?"

"위험할 때 써먹을 간단한 기술 몇 개 가르쳐 줄게요."

이렇게 말하며 주머니에 손을 넣어 요원의 반지를 착용하던 민호는 서은하의 다음 말에 팔이 굳어졌다.

"민호 씨 점점 우리 아빠 닮아가는 거 알아요? 아빠도 그 핑계로 유도 엄청 가르쳐 줬어요."

"맞다. 은하 씨 유도 배웠다고 했었죠?"

예전에 들어본 기억이 있다. 유단자라고. 서은하가 웃으며 손가락 두 개를 들어 보였다.

"고, 공인 2단?"

"대학 들어가기 전에, 아빠가 하도 성화를 해서 열심히 훈련했어요. 그때는 대학 다니는 남자가 전부 범죄자인 줄 알았다니까요."

서철중이라면 그런 주입을 할 법했다.

"민호 씨가 한번 검사해 보겠어요? 아직 미숙한 부분이 있어서 그때는 박 경사님이랑 대련하다가 뼈를……."

"저런, 뼈가 부러졌었어요?"

"아뇨."

서은하가 "발뒤축 후리다 부러트렸어요, 제가"라는 대답을 하자마자 민호는 헛기침하며 창밖을 보는 척했다.

"은하 씨, 혹시 같이 간 배우들이 얄밉게 굴어도 손은 대지 마요."

"네, 민호 씨."

말을 꺼냈다가 본전도 못 찾은 민호는 이후 주스만 쭉쭉 빨아댔다.

잠시 후.

해가 완전히 저물고, 돌아가야 할 시간이 왔다.

"은하 씨. 전화 꼬박꼬박. 국제전화비 신경 쓰지 말고요. 혹시 전화했는데 못 받으면 문자 남겨요."

"민호 씨도 거기 가서 다른 나라 여자들 홀리고 다니면 혼나요."

"동양 남자 그렇게 인기 없어요."

"아무튼요."

"명심하겠습니다. 그런 의미에서, 은하 씨가 불안한 만큼 저한테 도장이라도 찍어 놔야지 않을까요?"

민호가 자신의 입술을 가리켰다. 서은하가 피, 웃으며 물었다.

"그래야 해요?"

"내일이면 곰과 맞닥뜨릴지도 모르는 처지라고요."

서은하의 안전벨트를 매주기 위해 팔을 뻗은 민호가 그녀의 코앞에서 말을 이었다.

"아메리카 블랙베어가 저 좋다고 막 따라오면 어쩌려고 그래요?"

눈이 휘둥그레진 서은하가 물었다.

"설마 곰한테도 매력을 뿌리고 다닐 셈이에요?"

"가능하다면요."

"어머, 그럼 안 되는데~"

서은하가 두 팔을 뻗어 민호의 목 뒤로 부드럽게 감았다.

입술과 입술이 포개지고, 앞으로 한 달은 보지 못할 연인들의 키스는 끝나지 않을 것처럼 이어졌다.

❋

　-안내 말씀 드리겠습니다. 저희 비행기는 애틀란타까지 가는 코리안에어 037편입니다. 출발 전에 탑승 편수를 다시 한 번……

　민호는 기내 좌석의 벨트를 조이다가 근접 촬영 중인 VJ의 카메라에 손을 흔들어 보였다.

　"14시간 비행이래요. 밥을 3끼나 먹어요, 하늘에서."

　혼잣말하듯 중얼거리는 민호를 보고 있던 옆자리의 심광석이 말했다.

　"민호 아우는 되게 익숙해 보이네. 나는 아직도 카메라 울렁증이야."

　"VJ캠은, 그냥 시청자 한 분이 따라다니고 있다고 생각하시면 편해요."

　"24시간 날 감시하는 시청자? 어휴, 부담스러워."

　"그러니까 친구처럼 대하는 거죠. 안녕~"

　VJ가 다른 출연자를 촬영하기 위해 렌즈를 돌리자 민호는 작별인사까지 보냈다.

"민호 아우. 아까 PD님 얘기가 헷갈려서 그런데. 우리가 거기 가면, 그 내셔널인가? 그쪽 사람들이 따라다니는 거야?"

"네. 한국 스태프들이 촬영 장비 들고 이동하기 힘든 구간이 많다니까요."

"아따, 긴장되네. 영어도 잘 못하는구만, 거기서 삽질하면 전 세계적 망신 아니야?"

"저희는 참여에 의의를 두는 팀이라서 괜찮을 거예요."

민호는 탑승 전 짧은 회의에서 들었던 내용을 떠올려 보았다.

아무래도 변수가 많은 산악지대에서 촬영하니만큼, 근접해서 찍는 건 내셔널 지오그래픽 팀의 전문가가 함께하고, 한국 팀은 원경 촬영과 포인트 지점에서의 인터뷰만 도맡아할 것이라고.

TV 채널을 돌리다 우연히 본 내셔널 지오그래픽 방송은 대부분 진지한 다큐물에 가까웠다. 민호는 그랬기에 이번 여행이 마냥 예능다울 거라곤 생각지 않았다.

딩동.

좌석 등에 안전벨트 착용 신호가 깜박였다.

─손님 여러분, 갖고 계신 짐은 앞좌석 아래나 선반 속에 보관해 주시고, 지정된 자리에 앉아 좌석벨트를 매주시기 바랍니다.

출연진을 인터뷰하던 VJ가 자리에 앉고, 민호를 비롯한 5인이 나란히 앉아 이륙을 기다렸다.

잠시 뒤, 비행기가 인천공항 상공으로 떠올랐다.

"승무원님."

민호는 호리병을 손에 들고, 움직이기 시작한 승무원에게 생수 하나를 주문했다. 도착해서 무슨 일이 벌어질지 모르기에, 비행기에서 최대한 컨디션 조절부터 해놓을 생각이었다.

"민호 아우, 일어나. 곧 도착한대."

심광석이 왼팔을 흔들자 민호가 부스스 눈을 떴다.

"으음, 다 왔어요?"

"밖에 봐봐. 이코노미에서 이렇게 편하게 자는 사람 처음 보네."

"제가 원래 맨바닥에서도 눈만 감으면 자요."

민호는 한 자세로 오래 누워 굳어진 팔다리를 주무르며 오른편 창문 밖으로 보이는 드넓은 땅에 시선을 던졌다.

높은 상공에서 내려다본 미 동남부의 허브, 하츠필드–잭슨 애틀랜타 국제공항의 모습은 크긴 하나 현대식의 특별할 건 없어 보이는 외관이었다. 그러나 다른 나라, 다른 문화를 접하는 것은 언제 겪어도 가슴 뛰는 일이기에 민호는 활주로에 가까워질수록 기대감에 들떴다.

'그레이트 스모키 산맥은 어디지?'

잘 보이지 않는 것이 차를 타고 내륙 쪽으로 한참 이동해야 할 모양이었다.

책자에서 보았던 이 지역 지도엔 바로 옆이지만, 그 크기를 한국의 지형 감각으로 따지기엔 너무도 거대했다.

한국의 크기는 십만 제곱, 미 대륙의 크기는 구백만 제곱.

민호는 좀 더 대륙의 기상에 어울리는 대범한 마인드를 가져야겠다고 생각하며 창문에서 시선을 거뒀다.

─오늘도 여러분의 소중한 여행을 코리안에어와 함께해주셔서 대단히 감사합니다.

비행기가 공항에 내려앉았다.

안내방송을 들으며, 민호는 백팩을 등에 메고 복도에 줄을 섰다. 옆좌석과 뒤편에서 줄줄이 걸어 나오고 있는 '맨 앤 정글' 출연진과 스태프들은 긴 비행에 지친 기색이 역력했다.

황지석이 찌뿌듯한 얼굴로 앞서가는 정승기에게 물었다.

"승기 씨, 애틀란타 시간 몇 시라고?"

"오전 10시래요."

"어우, 아직 밤 되려면 멀었잖아. 난 바로 자야 할 거 같은데."

정승기는 생생해 보이는 민호를 흘깃 본 뒤에 말했다.

"시차 적응하시려면 밤까지 그냥 버티세요. 적응이 늦을수록 숲에 들어가면 피곤해집니다."

기내의 문이 개방되고 민호는 안내판을 쫓아 F 청사 쪽으로 이동했다.

입국 수속을 위해 줄을 서고 있는 동안, 황지석이 출연진들이 모인 곳에서 입을 열었다.

"우리 가는 곳이 어디라고 했지? 애팔래치아?"

민호는 어제와 그제 서은하와 있으며 읽어온 책속 지식을 떠올리고 말했다.

"애팔래치아는 미 대륙 동부 끝에서부터 남동부까지 광활하게 이어진 긴 산맥을 얘기하는 거고, 저희가 갈 곳은 정확히 말하면 스모키 산맥 일부분이에요."

"그래?"

"노스캐롤라이나와 테네시의 주 경계선이 지나가는 곳이자 클링맨스 돔에서 이어지는 애팔레치아 트레일이 통과하는 지점이기도 하죠."

반지로 강제로 익힌 지식은 흡사 그 부분을 통째로 머릿속에 각인시키듯 기억되기에, 민호는 그도 모르게 술술 내뱉고 입국 심사를 위해 먼저 걸어갔다.

"가만 보면 민호 씨는 모르는 게 없네. 운동에 스포츠에. 아주 만능이야, 만능. 승기야 안 그래?"

"……."

황지석이 감탄한 표정을 짓자, 정승기는 어제까지 체력단
련을 하고 야생 서바이벌 서적만 참고한 것을 후회하는 얼굴
이 됐다.

오십여 명에 다다르는 '맨 앤 정글' 스태프들과 출연진 모
두 까다로운 입국 절차를 끝내고, 수하물을 찾아 세관을 통
과해 터미널 방향으로 걸어 나왔다.

앞에서 대기 중이던 조연출이 외쳤다.

"16번 게이트에 버스가 대기 중입니다! 인솔자 따라서 이
동해 주세요!"

줄지어 걸어가는 수십 명의 스태프 뒤를 따르던 민호는 공
항 입구 쪽의 관광안내소에 놓여 있는 책들에 시선이 머물렀
다. 국내에서 구할 수 있는 것들은 대충 보았으나, 아무래도
미국에서 출판된 것이 자세할 거란 생각에 다가가 '산맥의
역사'라는 손바닥만 한 책을 손에 쥐었다.

『이거 얼마죠?』

환전해 둔 달러로 책을 구매하는데, 옆에 쓱 다가온 정승
기가 '애팔래치아 트레일의 지질학적 역사'라는 두꺼운 책을
손에 쥐더니 보란 듯이 구매해 갔다.

'그거 무거울 텐데.'

16번 게이트로 나와 버스에 올라탄 민호는 첫날을 지낼 캠프까지 앞으로 3시간은 이동해야 한다는 스태프의 말에 자리에 앉아 책에 시선을 던졌다.

부르릉.

한국의 버스보다 차체가 훨씬 커, 뒷좌석에 화장실까지 있는 버스가 이동을 시작했다.

중간 자리에 앉은 정승기도 차체가 흔들릴 때마다 오는 멀미를 억누르며 가야 할 장소에 대한 정보를 꾹꾹 눌러 담기 시작했다.

약 3시간 후.

버스가 꼬불꼬불한 능선을 따라 산 위를 오르는 동안, 민호는 책 후반부를 재밌게 읽어 내려가고 있었다.

[3만 년 전쯤, 북방아시아로부터 이주해 온 황인종, 그 인디언들의 땅. 그레이트 스모키 산맥은 그중에서도 위대한 사냥꾼으로 이름난 체로키 부족이 지내는 구역이다.]

'인디언의 땅이라.'

책장을 넘기니 주황, 노랑, 하양의 색색 문양으로 온몸을 칠하고, 돌칼에 가죽띠에 활과 화살을 몸에 지닌 인디언의 사진이 보였다.

주술적인 의미가 담긴 춤을 추고 있는 인디언의 모습은,

민호에게 오래전 TV에서 보았던 '늑대와 춤을'이라는 영화를 떠올리게 했다.

일반인은 알 수 없는 신비한 섭리를 따르는 인디언 부족들. 그때는 먼 판타지 세계의 이야기라고만 생각해 온 그들이 실제로 살아온 땅이 가까웠기에 막연히 궁금증이 일었다.

현대의 사회와는 다른, 아주 오랜 옛날에는 대체 어떤 유품과 애장품이 있었을지. 그 시대를 살아보지 못한 이라면 채울 수 없는 호기심이겠지만, 그래도 욕심이 났다.

'혹시 모르잖아.'

민호는 인디언의 유품을 붙잡고 그 추억을 구경해 보면 좋겠다 싶었다.

[이후, '눈물의 길'로 불리는 강제 이주의 아픔은 체로키 인디언에게 혹독한 겨울을 선사했다. 그런데도 그들은 '겨울이 가면 반드시 봄이 온다'는 자연의 섭리를 좇아 인내하며 기다렸다. 봄이 주는 희망과 축복을 믿으며……]

"이분들도 아픈 역사가 있었구나."

이렇게 중얼거리며 책을 덮은 민호는 버스가 멈춰 창밖으로 시선을 돌렸다.

체로키 국립 수림원 캠핑장이라는 간판 옆. 책에서 본 사진과 흡사한 복장의 인디언이 창문 바로 아래 서 있었기에 민호는 흠칫했다.

'뭐, 뭐야?'

눈이 커진 민호는 그 인디언이 양손에 돌조각 목걸이와 은 팔찌를 흔들며 "쓰리 달라! 쓰리 달라!"를 외치는 것을 보고 신음을 삼켜야 했다.

옛일은 옛일이고, 지금은 사냥이 아니라 세계인을 상대로 관광산업에 종사하고 있는 인디언 부족이라는 결말. 좋은 건지 나쁜 건지.

"도착했습니다. 오늘은 캠핑이 아니라 이곳에 마련된 숙소에서 편하게 지내시면 됩니다. 오후에 생존교관님을 초빙해 조언을 듣는 시간을 마련해 두었으니, 그때까지 휴식하고 계십시오."

앞좌석에서 조연출이 출연자들에게 말했다.

버스에서 내린 민호는 캠핑장 초입에 서서 산맥이 겹겹이 둘러싸고 있는 주변의 풍경을 한차례 훑어보았다.

그레이트 스모키 산맥.

나무에서 빗물이 증발하며 만들어진 옅은 안개가 항상 공기 중에 떠 있어 붙었다는 이름. 눈에 보이는 산봉우리는 푸른 기운을 머금은 안개에 싸여 그야말로 한 폭의 그림을 그리고 있었다.

"뭐야, 여기. 완전 천국이잖아?"

뒤이어 내려선 출연자들도 입을 벌렸다.

책에서 보았던 지식을 떠올린 민호가 감탄 중인 사람들 틈에서 무심히 말했다.

"여기는 입구일 뿐이고, 저희가 갈 곳은 저 산 너머. 애팔래치아 트레일에 속하는 험난한 구간입니다."

민호의 입에서, 예상되는 일교차가 40도라느니, 지도에 등재되지 않은 고갯길과 봉우리만 수십 개라 길을 잃을 수도 있다느니 하는 비관적인 예측이 이어졌다.

"결국 오늘이 등 따시게 보내는 마지막 날이라는 거네. 에휴, 난 가서 침대에 등부터 비빌란다."

황지석이 가방을 메고 캠핑장 한쪽에 자리한 '체로키 호스텔'이라는 간판이 붙은 목재 건물로 향했다. 뒤를 이어 심광석과 한소유도 움직이고, 정승기도 뒤따르려다 민호에게 시선을 돌렸다.

"뭘 하는 거야?"

인디언 복장의 중년 여인이 서 있는, 관광 상품을 늘어놓은 가판대 쪽으로 걸어가고 있는 민호. 정승기는 이 와중에 기념품부터 사려는 천하태평 그를 보고 혀를 차며 호스텔 안으로 걸어갔다.

83.
그레이트 서바이버 (3)

두꺼운 바퀴의 지프가 가파른 산길을 올라 한 공터에 섰
다. 운전석의 문이 열리며 낙엽이 가득 쌓인 땅으로 검은 부
츠를 신은 백인 사내가 내려섰다.

근육이 갑옷처럼 느껴질 정도로 건장한 체격의 그는 산 아
래로 자욱하게 깔린 안개를 보고 있다가 '출발지'라는 깃발을
설치 중인 사람들에게 눈을 돌렸다.

내셔널 지오그래픽 소속의 촬영 팀이 내일 아침으로 예정
된 '위대한 종주대회' 스타트 지점 정비를 하고 있었다.

『울프 삼촌!』

백인 사내를 확인한 갈색 머리의 여인이 반가운 표정을 지
은 채 한달음에 달려왔다.

드웨인 스틸 웰. 통칭 울프라고 불리는 서바이벌 분야의 이름난 사내의 등장에 촬영 팀의 다른 이들도 시선을 돌리고 인사를 건네왔다.

『와우, 스칼렛.』

울프가 다가온 여인에게 손을 흔들었다.

『몰라볼 정도로 컸네. 지금이 스물여덟?』

『일곱이요. 이젠 울프 밑에서 사고 치던 꼬마가 아니라고요.』

대담한 여인이 허리에 팔을 올리고 모델처럼 포즈를 잡아 보였다. 스칼렛 로랜스. 콧잔등에 약간의 주근깨가 남아 있는 것을 제외하면, 어엿한 숙녀이다 못해 남자깨나 애태웠을 건강미를 보유하고 있는 그녀는 울프의 사촌 동생이자 내셔널 지오그래픽의 오지 촬영 팀장이기도 했다.

스칼렛이 푸른 눈을 반짝거리며 울프에게 물었다.

『어제 온다는 소식 듣고 놀랐어요. 홍콩에서 아직 와일드 울프 운영하는 중이죠?』

『응.』

『여긴 어쩐 일이에요? 설마 와일드 울프 학생이 참가?』

『비슷해. 일이지, 뭐.』

울프는 한국 팀의 고문으로 그들을 서포트하게 됐다는 이야기를 밝혔다. 스칼렛은 놀라서 되물었다.

『거긴 전문팀 아니라고 들었어요. 울프 정도 되면 최정상 트레일 팀에서 고문으로 모셔도 모자랄 텐데, 왜요?』

『재밌는 팀이거든. 특히 한 친구는 스칼렛 너도 보면 놀랄 거야. '미스터 강'이라고. 생존 감각이 남달라.』

『울프가 학생 칭찬하는 건 드문데. 기억해 놓죠. 그래도 생존이라면 저 팀만 하겠어요?』

스칼렛이 공터 한쪽에 이미 자리를 잡고 캠핑 중인 무리를 눈짓했다.

'리얼리스트'라는 깃발을 달고 텐트를 설치 중인 일곱 명의 남녀. 저들은 출발이 내일임에도 이미 자리를 잡고 서바이벌 태세로 숙식 중이었다. 울프의 귓가로 저들의 여행 블로그를 팔로우 중인 이들만 세계에 수백만이라는 스칼렛의 설명이 이어졌다.

『가만. 저 팀에 저거, 헨리 아니야?』

『맞아요, 팀장이죠. 울프 학생 중 하나였죠? '서바이버' 출연한다고 찾아온.』

『와, 벌써 그게 언제 적 얘기야.』

『저 열다섯 살 때?』

울프는 미 전역에서 큰 인기를 끌었던 리얼리티 쇼, '서바이버'의 초대 우승자 헨리를 보며 옛일을 떠올렸다.

상당히 도전적이고 모험을 좋아하던 청년이 이제는 완숙

한 탐험가가 되어 한 팀을 이끄는 리더로 성장해 있었다.

『흥미 있는 대회가 되겠어. 스칼렛, 종종 들러서 촬영본 구경해도 되지?』

『당연하죠, 마스터. 제 동료 중에 울프 이름 모르는 직원이 없어요. 저 없어도 언제든 와도 돼요.』

스칼렛은 어릴 적 '스승님'이라고 불러대며 울프를 졸졸 따라다니던 시절의 명랑쾌활한 웃음을 지었다.

『나는 그럼 다른 지역 좀 구경할게. 작업해.』

『이따 봐요, 울프!』

선글라스를 쓴 울프가 산 아랫길로 사라졌다. 스칼렛은 울프를 지켜보다 깃발 작업을 완료한 동료를 호출했다.

『빌!』

『네, 팀장님.』

『대회 참가자 명단 갖고 있죠?』

민호는 호스텔 앞의 가판대에 서서 상당히 오래전에 만든 듯한 인디언 물품들을 구경 중이었다.

천연의 색소에 비계 기름을 섞어 만든 화장품부터 동물의 형상을 한 목각인형에 가죽과 깃털로 만든 솜씨 좋은 공예품까지. 모두가 공장에서 만든 것이 아니라 직접 만든 상품들이었다. 개중에는 손때가 묻어 있는 실제 사용했던 것으로 추측되는 물건도 보였다.

'없어. 애장품은 없어.'

다만 누군가 애지중지 사용하던 중고품은 없었다.

『찾는 물건이 있습니까, 손님?』

낙담한 민호에게 아까 버스 앞에서 은팔찌를 팔려고 했던 청년이 다가왔다. 민호는 같은 황인종임에도 피부 톤이 훨씬 짙어 확연히 구별되는 상대에게 혹시나 싶어 물었다.

『이것보다 더 오래된 물건 같은 게 있나요? 골동품 같은.』

『오. 골동품.』

인디언 분장의 청년은 고민하는 듯하더니 손가락을 동그랗게 말아 올렸다. 비쌀 텐데 돈 있냐는 몸짓. 민호는 환전해 놓은 건 얼마 안 되는 터라 카드를 꺼내 물었다.

『카드도 될까요?』

『따라와요.』

되는 모양이었다.

민호는 가판대를 지키고 있는 중년 여성에게 인사한 뒤, 인디언 청년을 따라 움직였다. 곧이어 호스텔 옆의 산길을 지나, 촌락처럼 보이는 장소가 민호의 눈에 들어왔다.

『저곳이 어머니가 작업하시는 작업장이고, 저곳이 창고입니다.』

인디언 청년이 민호를 안내하는 곳은 안 팔리거나, 오래된 물건을 버리지 않고 모아두고 있는 창고였다.

『동네가 멋지네요.』

『'다운타운'이 더 멋지죠. 손님도 애틀랜타에서 오시지 않았나요?』

이들한테는 그냥 집일지 몰라도, 민호가 보기에는 부자들이 휴식하러 놀러 오는 고급 별장 같은 오두막이 늘어서 있는 장소였기에 대답 않고 웃음만 지었다.

한 오두막 앞에 선 인디언 청년이 물었다.

『손님도 대회에 참가하시는 건가요?』

『네.』

『오.』

이런 참가자들에게 익숙하다는 듯 가벼운 탄성을 내뱉은 인디언 청년을 보며, 민호가 물었다.

『작년에 이곳에서 75%가 떨어졌다던데요. 그만큼 위험한가요?』

『쉽지 않은 숲이죠. 특히 가을에서 겨울로 넘어가는 이 시기에는 추장님도 섣불리 들어가지 않아요. 산에 보면 단풍이 다 떨어졌죠? 11월 초까지가 절정. 그 이후부터는……..』

끼이익, 하고 오두막의 문을 연 인디언 청년이 『언제 비와 눈과 폭풍이 몰아칠지 모른다』고 언질을 주었다. 그러나 민호는 메케한 먼지 내음과 함께 보이는 주황빛에 시선이 꽂혀

한 귀로 흘려들었다.

'오 마이 갓!'

흰 담비 가죽 멜빵, 갈매기 깃털로 장식한 가죽 화살집, 세련된 손잡이가 달린 돌칼에 곰 가죽으로 된 칼집까지. 사냥꾼의 흔적이 가득 담긴 도구들이 한쪽 벽에 가득 쌓여 있었다.

판매용이 아니기에 중구난방 쌓여 있는 도구 틈에서 민호는 유독 빛을 내는 한 가지 물건 앞에 섰다.

『이 나무막대는 뭐에 쓰는 거죠?』

『그거 활대인데, 누구 거더라? 아무튼, 상당히 오래됐어요. 그래도 오세이지 오렌지나무로 만든 녀석이라 튼튼할걸요?』

민호가 관심을 보이자 바로 상품 포장을 하기 시작한 인디언 청년은 긴 나무막대를 손에 쥐고 직접 탄성을 보여주기까지 했다.

『이걸로 살게요. 얼마면 되죠?』

『이게 추장님의 추장님의 추장님 대에서 쓰던 활이라 가치가 상당해요. 한…… 500?』

인디언 청년은 막대를 붙잡은 손에 먼지가 잔뜩 묻어나오는 것을 모른 척하며 실제 레저용으로 만들어 파는 활만큼의 가격을 불렀다.

『500달러요? 아, 현금으로 435달러 50센트는 어때요?』

민호는 환전해 둔 돈을 탈탈 털어 내밀었다.

역시 비싸게 불렀더니 깎아오는군, 하는 얼굴이 된 인디언 청년이 고민하다 고개를 끄덕였다.

『감사합니다!』

활대를 손에 들고 날아갈 듯한 표정이 된 민호. '쓰지도 못할 활대를 들고 왜 저리 좋아하지?'라는 눈빛을 한 인디언 청년은 창고 구석에서 화살과 활시위를 찾아 손에 들었다.

『국립공원 내 직접적인 사냥은 금지되어 있지만, 그래도 구색은 맞춰야지요. 이것도 사실래요? 반값에 드리죠. 이 화살은 송진으로 깃털을 붙인 전통 방식으로 제작된 거고, 이 활시위로 말할 것 같으면, 늑대 힘줄을 아교를 먹인 조가비로 매끈히 다듬은 천연의…….』

『아니요, 됐어요.』

민호는 관심 없다는 듯 1.5미터 길이의 나무막대만 챙겨 들고 오두막 밖으로 걸어 나가 버렸다.

인디언 청년은 밖으로 나가 활대를 이리저리 둘러보더니 만세를 불러대는 민호를 보며 특이하다 못해 좀 이상한 손님이 아닌가 싶어 고개를 휘휘 저었다. 그래도 창고에 굴러다니던, 언제 버려도 이상치 않은 물건을 팔았으니 이득이라는 생각에 얼른 밖으로 나와 문을 닫았다. 행여 환불해 달라고 하면 곤란하니까.

❀

체로키 호스텔 근처의 캠핑 공간.

울프는 한국의 참가자이자 한 달 전에 자신의 훈련 과정을 수료한 다섯의 출연자들 앞에서 입을 열었다.

『여러분 앞에 있는 것은 산행에 필요한 필수용품이다.』

식량, 물병, 구급상자, 스토브, 코펠, 침낭, 매트, 지도, 나침반, 실톱, 낚싯바늘에 줄……

이게 한 가방에 다 들어갈까 싶을 정도의 용품들이 각자의 앞에 늘어서 있었다.

『하이킹의 기본은 백패킹이야. 여러분의 생명과도 같은 물건들이지만, 자칫 여러분의 생명을 위협할 수도 있는 무거운 짐이지. 가져가야 하나 말아야 하는 고민이 드는 물건은 버려라. 가장 무거운 장비는 어깨 쪽에 올 수 있도록, 바닥에는 침낭과 중간 무게의 짐. 중요한 물건은 바로바로 손이 닿는 외부에. 무게중심을 잘 잡아서 지금부터 짐을 꾸린다. 실시.』

말을 끝낸 울프는 앞쪽의 정승기부터 황지석, 한소유에 이어 심광석까지 지난 훈련대로 착실히 짐을 꾸리고 있는 것에 만족하며 고개를 끄덕였다. 그러다 민호의 앞에 발걸음이 멈쳤다.

『그건 뭐지?』

『아, 이거요?』

민호는 백팩에 활대를 이리저리 끼워보다 울프와 시선이 마주쳤다. 1.5미터라 윗부분이 비죽 솟아나오는 것도 흉하고, 일단 손에 쥐고 가야겠다는 생각에 대답했다.

『이동을 보조할 지팡이입니다.』

활이라고 하기엔 줄도 없고, 그냥 곧은 막대기에 불과했기에 이렇게 변명했다.

『단단해 보이긴 하지만 상당히 무거울 텐데? 그것보다는 카본 소재로 된 트래킹 폴이 좋을 거야.』

『그렇긴 하지만, 야생에선 야생다운 도구도 괜찮겠다 싶어서요.』

최종 점검을 돕기 위해 홍콩에서 이곳까지 날아온 울프의 앞에서 '이게 말이죠, 이름 모를 인디언이 사용하던 주황빛 유품입니다'라는 설명을 덧붙일 수는 없었다.

민호는 별로 무겁지 않다는 듯 휘둘러 보인 뒤에 짐을 챙기기 시작했다.

울프는 서둘러 백패킹을 하는 민호를 근심 어린 눈길로 쳐다보더니 산 중턱을 가리켰다.

『저쪽에 야영 중인 팀 하나에 헨리라는 친구가 있어. 자네들이 했던 훈련을 최고의 점수로 통과했던 친구지. 그것도 오래전에. 그들을 앞질러 가기가 쉽지 않을 거야.』

민호는 전문가 팀이 참여한다는 얘기는 이미 들었기에 별반 걱정 없는 얼굴로 말했다.

『저희는 완주가 목표지, 우승은 힘들다고 생각하고 있어요.』

『완주? 음, 자네들 이 대회의 규정이 뭔지 제대로 파악 못한 것 같군.』

울프가 모두가 들을 수 있게 목소리를 높여 말했다.

『한 팀이 지나간 루트는 다음 팀이 지나갈 수 없어. 새로운 길을 개척해야 하지. 따라서 뒤처지는 팀일수록 돌아가야 할 확률이 높고, 앞서가는 팀은 선택할 옵션이 많아 유리해. 만약 먼저 간 팀이 간 길을 그대로 따라 하루 동안 이동할 경우 탈락. 이후부터는 완주가 아니라 도착 지점까지의 복귀 여행이지.』

이 말에 민호는 물론이고 옆에서 가방을 꾸리고 있던 다른 출연자들의 시선도 움직였다.

『보통 3팀 정도가 개척한 길이 최종 루트로 선정돼서 다음 1년간 이곳의 트레일에 도전하는 친구들을 위한 이정표가 되는 방식이야.』

울프가 이 대회의 촬영 팀장인 스칼렛에게 들은 정보를 있는 그대로 이야기해 주었다.

"뭐야, 뭐라는 거야?"

영어가 짧은 황지석의 물음에 옆의 정승기가 통역을 해주었다.

"에엑? 우리 재수 없으면 첫날 탈락하고 다른 팀 뒤만 따라 다닐 수도 있는 거네?"

"기왕 참여했는데 그럴 수는 없죠. 크게 돌아가더라도 한국 팀만의 루트를 만들어서 가요."

황지석의 한탄에 이은 한소유의 말에 자신 없어 하던 심광석도 동감한다는 듯 고개를 끄덕였다.

저녁 시간.

체로키 캠프에서는 내일의 대회에 참여하는 사람을 위한 바비큐 파티가 열렸다. 총 12개의 팀, 75명의 인원은 대부분 미국에 거주하는 도전자들이었으나, 동양의 '맨 앤 정글'팀과 세계 각국의 사람이 모인 '리얼리스트'팀만은 국적이 달랐다.

그럼에도 함께 길을 개척한다는 마음만은 같았기에 맥주를 한 병씩 손에 쥐고 서로 스스럼없이 모닥불 앞에 어울리며 대화를 나눴다.

그 한가운데 둘러 앉아 있던 민호는 맥주를 권하는 심광석에게 고개를 흔들어 보였다.

"그거 마시면 저 기절해요, 형님."

"술 약하네, 민호 아우. 근데 그 나무는 아까부터 왜 그렇게 들고 다녀?"

"연구 중이에요."

"연구?"

민호는 주황빛이 배어 있는 인디언의 오래된 활대에 시선을 두었다.

먼지는 전부 털어내고, 젖은 수건으로 깨끗이 닦아 햇빛에 말린 통에 넓적하고 매끈한 면이 그대로 드러나 있는 이것은, 낮부터 계속 만지고 있음에도 좀처럼 반응을 하지 않았다.

'말이 안 통해서 그런가?'

지금이야 체로키 부족도 영어를 쓴다지만, 3대 전의 추장이 있었을 시기의 인디언이라면 그쪽의 언어만 사용했을지 모른다.

민호는 혹시 잠을 자면 될까, 곧 찾아올 취침시간을 고대하며 기다렸다.

"자아, 고기가 왔습니다~"

황지석이 김이 모락모락 피어오르는 향긋한 바비큐 살덩이가 담긴 접시를 들고 자리에 앉았다.

"마지막 만찬! 다들 짠 한번 할까?"

그의 제안에 심광석이 맥주병을 들어 올렸다. 한소유와 나란히 앉아 있던 정승기도 맥주병을 흔들었고, 민호도 체리 맛이 나는 음료가 든 플라스틱 컵을 들었다.

"몸 무사히 완주해서 한국 방송 역사의 신기원을 써보자고."

출연진 중에 나이는 심광석이 가장 많았으나, 방송 경험도 많고 친화력이 좋은 황지석이 은연중에 이 팀의 맏형 역할을 하는 중이었다.

"이제 보름간 서로만 믿고 동고동락해야 하니까 다들 한마디씩 하자. 나는 짠 하면서 했고. 광석 형님."

"나야 뭐, 암것도 모르고 따라가는 거지. 그래도 누 안 끼치게 운동은 열심히 했어. 끝까지 힘내보자."

뒤이어 한소유도 '여자라고 봐주지 말고 친구처럼 대해주세요' 하는 말을 했다. 정승기는 민호를 흘끔 보더니 말했다.

"지도와 나침반, GPS 하나 달랑 들고 모르는 길을 가는 건 쉽지 않은 일입니다. 경험이 많은 사람이 이끄는 게 효율적이라고 보는데, 저희도 리더를 정해야 하지 않을까요?"

"일리 있는 말이네."

황지석이 괜찮은 의견이라는 듯 고개를 끄덕였다. 정승기는 민호를 직시하며 물었다.

"민호 씨 생각은 어때요?"

옆에 놓아둔 활대를 만지작거리고 있던 민호는 고개를 돌리며 말했다.

"그렇긴 한데, 저는 누가 팀장이 되든 상관없다고 봐요."

정 반대되는 의견에 정승기가 이유를 묻는 눈길이 됐다.

"체력 좋고, 오지에 파병까지 다녀온 승기 씨와 강을 이동할 때 잘 아는 소유 씨가 선두에서 정찰겸 길 인도. 도구 잘 다루고 낚시하느라 야외 노숙 경험이 많은 지석 형님과 어떤 재료도 요리가 가능한 광석 형님이 잘 곳과 식사를 담당. 저는 딱히 내세울 게 없으니 나머지 잡다한 일을 하는 정도면 역할 분담은 끝 아닌가요? 루트야 서로 의논하면서 정할 테니."

"그러네. 민호 아우 말도 일리가 있어."

심광석이 고개를 끄덕였다.

"민호 씨 말 대로라면, 그냥 매일매일 돌아가면서 팀장을 해도 무리는 없겠어. 좋아, 뭐가 나은 의견일지 거수!"

황지석이 투표를 제안했고, 삼 대 이로 민호의 의견이 채택됐다.

"아우, 저 이제 피곤한데 들어가서 잘게요."

"벌써?"

"배도 충분히 채웠고, 해도 졌잖아요."

민호가 활대로 바닥을 짚으며 자리에서 일어서려던 때였다.

"Excuse me."

소형 캠코더를 손에 쥐고 있는 한 외국인 여성이 일행들 틈으로 다가왔다. 글래머러스한 몸에 어두운데도 눈에 확 띄는 미모의 여성이었기에 남자들의 시선이 온통 집중됐다.

『내셔널 촬영 팀의 스칼렛이라고 합니다. '맨 앤 정글'팀 인터뷰를 하고 싶은데 시간 좀 될까요?』

"인터뷰? 오케이. 오케이. 파서블!"

영어를 잘 못하는 황지석이 기막히게 알아듣고 손가락으로 오케이사인을 보냈다. 민호는 유품과 함께할 밤이 미뤄진 것을 아쉬워하며 스칼렛이라는 여성에게 눈을 돌렸다.

육감적인 몸매에 오밀조밀한 얼굴. 한국 여성에게서는 결코 볼 수 없는 사기적인 비율이었다.

'와, 예쁘네.'

이런 생각이 들자마자 고개를 휘저어 지구 반대편의 서은하를 생각했다. 언어 때문에 계속 차고 있던 반지에서 오랜만에 뜨거운 기운이 뻗어 나와 미녀의 얼굴을 더 감상하자는 의견을 보내오는 것이 느껴졌다.

'안 된다고!'

민호는 반지를 빼버릴까 하다 통역문제 때문에 인터뷰만 끝내고 가야겠다는 생각에 억지로 버텼다.

약 5분 뒤.

정승기의 통역을 통해 차례대로 심광석과 황지석, 한소유의 인터뷰가 끝났다. 주로 대회에 임하는 소감, 각오 같은 것을 묻는 일상적인 인터뷰였다.

나이순으로 진행됐기에 정승기 본인까지 인터뷰가 끝나자 스칼렛이 민호를 돌아보며 말했다.

『미스터 강민호. 맞나요?』

스칼렛이 자신을 지목하며 이름까지 말하자 민호가 조금 놀란 눈으로 그녀를 보았다.

『절 아세요?』

『울프에게 들었어요. 제 삼촌이거든요.』

『아…….』

그러고 보니 울프 교관과 눈매가 약간 닮아 보인다.

『인터뷰 진행하죠.』

얼른 끝내고 잠을 자러 가겠다는 생각밖에 없던 민호는 캠핑장 구석에 서서 대회에 임하는 각오를 말할 준비를 끝마쳤다.

『잠시만요.』

그런데 정작 스칼렛이 인터뷰를 할 생각은 않고, 가까이 다가와 허리춤에 걸려 있던 무언가를 꺼내 손에 쥐었다.

'헐.'

그것이 시퍼런 날이 살아 있는 나이프였기에 민호가 움찔 놀랐다.

"뭐 하시는…… 아니, What are you doing now?"

『울프 말로는 생존훈련의 표적 적중 테스트에서 역사상 최고점을 세웠다던데. 저희 시청자들에게 보여 주실 수 있을까요?』

『여기서요?』

스칼렛은 나이프를 빙글 돌려 매우 익숙하게 날을 붙잡고 민호에게 내밀었다. 민호는 반사적으로 받아 든 군용 나이프의 견고하고 섬뜩한 감촉에 혼란에 빠졌다. 상대는 내셔널 쪽의 단순한 촬영 VJ가 아닌 것으로 보였다.

『저기 표적 보이시나요?』

스칼렛이 밑동이 잘려 있는 캠프장 외곽의 나무를 가리켰다. 민호는 표적지까지 붙어 있는 용의주도함에 신음을 삼켜야 했다. 외국 방송이다 보니 과감하다 못해 칼을 손에 든 장면도 여과 없이 방송에 나가는 모양이었다.

민호가 당황한 기색으로 '왜죠?'라는 표정을 하고 있자 스칼렛이 미소와 함께 말했다.

『실력이 어떤지 직접 감상하고 싶었거든요. 촬영 팀 분배를 모두 결정해 놓았는데 울프가 그리 장담을 하니.』

『울프가? 정말?』

스칼렛이 이야기하는 도중에 산 중턱에서 수풀을 헤치며

누군가 걸어 내려왔다.

서른 후반쯤 되어 보이는 백인 남성. 거뭇한 턱수염에 반다나를 착용하고 있는 그는 영화배우처럼 중후한 멋을 풍기는 사내였다.

『헨리. 위에서 자는 거 아니었어요?』

『바베큐 냄새가 진동해서 팀원들 챙겨 주려고 내려왔지. 그런데 울프 얘기는 뭐야? 아까 왔다는 얘기는 들었어.』

『맞다. 헨리도 와일드 울프 훈련소에서 표적 기록 있지 않아요?』

『그 지옥훈련? 그립네, 그리워. 여기 동양인 친구가 울프가 놀랄 만한 일을 벌였다 이 얘기였군.』

민호는 뭐가 뭔지 모르겠다는 표정으로 헨리라는 사내에게 고개를 숙여 보였다. 헨리도 반갑다는 듯 고개를 숙여 보인 뒤, 허벅지에 착용 중인 단검을 번개처럼 손에 쥐고 표적을 향해 던졌다.

쉬익, 하는 바람 가르는 소리와 함께 표적 정중앙에 박혀 버린 단검. 정확도와 스피드 모두 훌륭한 동작이었다.

『이런 걸 말하는 거지?』

어깨를 으쓱해 보이는 헨리. 스칼렛은 대단하다는 듯 손으로 박수를 쳐 주었다.

『미스터 강.』

스칼렛과 헨리 모두 자신을 보며 어서 해보라는 눈길이 됐기에 민호는 나이프를 만지작거리다가 물었다.

『야생동물에게 해를 가하는 건 금지라고 알고 있는데, 이걸 던질 일이 있을까요?』

헨리는 싱긋 웃었다.

『저 깊은 숲 안에 공원관리자가 단속 나올 일은 없어. 그리고 생존을 위해서라면 조류 정도는 잡을 법하지. 들고 갈 수 있는 식량은 한정적이고, 배는 고픈데 나무뿌리를 캐 먹을 순 없잖아.』

『그렇군요.』

민호는 점자시계를 터치했다.

손끝에 선명하게 느껴지는 나이프의 묵직한 무게감. 바람으로 인해 작게 흔들려 나무껍질에 닿아 퍼덕이는 표적지의 소리. 모닥불의 타는 냄새와 바비큐의 감미로운 향에, 무슨 향수를 쓰는 건지 상큼한 냄새가 나는 스칼렛과 땅바닥에 뒹굴어 흙내음이 가득한 헨리의 냄새까지. 모든 감각이 신경을 타고 세밀히 전달됐다.

민호는 그 모든 것을 감각을 고려한 뒤, 요원의 숙련된 나이프 스킬을 이용해 가볍게 던졌다.

휘리릭, 터엉!

이미 박혀 있던 헨리의 단검 나무 손잡이 끝에 재차 박혀 버린 군용 나이프. 지켜보던 스칼렛과 헨리의 눈이 커졌다.

『어이쿠. 저거 비싼 거 아니죠, 미스터 헨리?』

『괘, 괜찮아. 협찬 받은 거니까.』

하품을 크게 하던 민호가 갑자기 생각났다는 듯 말했다.

『한국에서는 칡이라고 나무뿌리를 캐 먹기도 해요. 여긴 있을까 모르겠네. 인터뷰는 끝난 건가요?』

스칼렛이 고개를 끄덕였다.

『저는 피곤해서 이만.』

민호는 주황빛이 어린 활대를 어깨에 메고, 휘적휘적 숙소 건물로 들어갔다.

『봤어, 스칼렛? 표적지가 아니라 내 단검을 노렸어. 100% 확신해.』

『울프 말이 맞는 거 같죠?』

『맞겠지. 이 정도 거리를 노리고 던질 정도면 보통 실력은 아니라고.』

스칼렛은 사라지는 민호를 보며 결심을 굳힌 듯한 얼굴이 됐다.

84.
그레이트 서바이버 (4)

〈Day 1〉 그레이트 스모키 산맥 입구, 500m.

다음 날, 몬스터 가방이라고 불리는 큼지막한 배낭을 짊어진 인원들이 이른 아침부터 출발점에 모여들었다.

그들 틈에 끼어서 중턱을 오르던 민호는 소로 옆에 서서 참가 팀이 그룹을 지어 지날 때마다 환호해 주고 있는 체로키 부족 사람들을 보았다. 그러다 그 틈에서 어제의 그 인디언 청년과 눈이 마주쳤다.

서로에게 '윈윈'이었던 거래.

자신이 활대를 지팡이 삼아 길을 걷자 인디언 청년은 '그걸 왜 그렇게?'라는 의문 섞인 표정을 지었다.

'그러게 말입니다.'

민호는 밤새 끌어안고 잤음에도 전혀 반응이 없던 활대에 약간 실망감을 안고 있었다. 그렇게 체로키 부족 사람들 바로 옆을 지나칠 무렵, 인디언 청년이 잘 다녀오라는 듯 고개를 끄덕여 주었다.

"후우, 겨우 500미터 걸었는데 벌써 지쳐."

선두의 황지석이 고개를 내저으며 출발 행사가 예정된 공터에 섰다. 그리고 먼저 도착해 있는 사람들을 살폈다.

"어디 보자, 저 팀이 우승 후보지?"

황지석은 가장 앞에서 깔끔한 활동 복장과 검정으로 통일된 배낭을 메고 있는 '리얼리스트'팀을 가리켰다. 전문가들답게 포스가 남달라 보였기에 휘파람을 불며 감탄하던 황지석은 옆으로 고개를 돌리다가 눈이 튀어나올 정도로 놀랐다.

"저 팀은 뭐야? 왤케 쭉쭉 빵빵이야?"

그의 음성에 정승기가 대답했다.

"어제 잠깐 얘기해 본 적 있어요. 노스캐롤라이나 주립대학의 치어리더랍니다. 극기훈련차 참여했다고."

"그래? 승기 씨. 우리 저 팀만 따라 다니자. 탈락해도 좋다."

하나같이 침을 꿀꺽 삼키게 하는 몸매를 보유 중인 다섯 아가씨의 위용은 황지석뿐만 아니라, 공터에 있는 모든 사내의 눈길을 훔치기에 충분했다.

다들 쳐다보며 한마디 하기에 민호도 치어리더 팀을 찾기 위해 고개를 움직였다. 그러다 갑자기 활대에서 따뜻한 기운이 퍼져 나오는 것을 느꼈다.

'응?'

저 멀리 보이는 산맥의 한 지점을 보던 순간. 그때 튀어나온 기운이었다.

'어라? 저길 가야 한다는 소리인가요?'

마음속의 물음에 활대에서 더 따뜻한 기운이 느껴졌다.

대략 10에서 15km 정도의 거리. 다행히도 트레일 루트상에 있는 장소였다. 민호는 옳다구나 신난 표정이 됐다.

일행이 대기 중인 동안 '맨 앤 정글'의 책임 PD 하의중이 출연자들에게 다가왔다. 4일 뒤로 예정된 일차 보급과 건강 체크 지점까지, 하 PD는 헤어지기에 앞서 당부할 말을 꺼냈다.

"무리하실 필요 없습니다. 저희 제작진은 여러분이 목적지에 안전히 도착하는 것에 의의를 두고 있습니다. 통신 채널은 항상 열어 두시고 돌발 상황은 무조건 보고해 주세요."

"하 PD님. 나는 그냥 저 팀 뒤만 따라가려고."

황지석이 치어리딩 깃발을 달고 있는 아가씨들을 가리켰다. 하 PD는 황지석의 농담에도 굴하지 않고 진지하게 말을 이어 나갔다.

"울프 교관님도 원거리에서 계속 따라오며 만약의 사태에 대비한 지원을 아끼지 않으실 겁니다. 그리고 이쪽은 여러분과 일정 내내 함께할 내셔널 지오그래픽 소속의 촬영 팀입니다. 저희 '맨 앤 정글'팀은 개인 카메라 3대가 따라붙을 겁니다."

하 PD의 소개에 출연진들의 시선이 움직였다.

"어? 어제 그 인터뷰 따던 아가씨도 있네. 좋다, 좋아. 길 걷는 건 막막한데 꽃이라도 많으니 좋구나. 헤이, 나이스 투 미츄~"

황지석이 밝게 인사하자 스칼렛이 웃음으로 화답했다. 그리고 출연진들 앞에 나서며 말했다.

『반가워요, 이번에 한국의 '맨 앤 정글'팀 촬영을 담당할 스칼렛 로렌스라고 합니다. 저희 팀 전원은 훈련받은 인원이니, 촬영에 대한 문제는 신경 쓰지 마시고 원하는 길로 이동하시면 됩니다.』

이 말을 끝낸 스칼렛은 저 먼 산등성이에 시선을 두고 있는 민호에게 고개를 돌리며 눈을 빛냈다.

-보급 포인트는 50km, 100km, 150km 총 3번. 종주 도중 문제가 발생해 그만둔 인원이 구성원 중의 3분의 1이 넘어가면, 그 팀은 탈락으로 처리됩니다. 거리 단위는 다국적 대회인 이상 'km'로 계산할 테니 미국 참가들은 공식적인 언급에

주의해 주십시오.

확성기를 통해 이야기 중인 희끗희끗한 머리의 노신사는 이 국립공원의 주요 관리자이자 애틀란타의 부시장이기도 한 숀 호네리였다.

ㅡ……부디 이 산 좋고 물 좋은 곳에서 많은 추억을 쌓고, 종주대회도 무사히 완주하시길.

축복의 인사를 끝으로 출발지에 집결한 75명의 참가자가 이동을 시작했다.

각 팀당 2~3대의 카메라까지 따라붙어 실제로는 100여 명에 육박하는 인원이 저마다 지도와 나침반 혹은 GPS가 달린 전자단말기를 손에 쥐고 코스를 탐색하듯 움직여 나갔다.

하늘 위로 한국 방송국의 헬리캠이 날아가며, 해발 2천 미터, 그레이트 스모키 산맥의 절경과 어우러진 그들의 모습을 원거리에서 담았다.

그 한가운데서 '맨 앤 정글'이라는 팀명의 깃발을 가방에 꽂고 있는 한국의 참가 인원은 둥글게 모여서 코스 선정을 위한 회의에 들어갔다.

"12팀이니 첫날은 경로만 12개라 이거지? 이게 내일은 11개가 될지 6개가 될지 모르는 거고. 와, 떨리네."

황지석이 산 위, 혹은 능선을 따라 이동을 시작한 사람들을 지켜보다 고개를 돌렸다.

"먼저, 우리 오늘 리더는 누구부터 할지 정하자고."

첫날, 첫 단추를 여는 발걸음. 중요한 시작이라는 생각이 들어서인지 섣불리 나서는 인원이 없었다.

"아무래도 가장 전문가인 승기 씨가?"

황지석이 정승기 쪽으로 고개를 돌렸다.

"음……."

정승기는 아까부터 한 방향에만 시선을 고정하고 있는 민호를 보았다.

또 저러고 있다. 아무 관심 없는 척, 잠자코 있다가 불쑥 앞으로 나서서 활약해 버리는 패턴으로 뒤통수를 숱하게 때리는 방식. 시작부터 괜히 나섰다가 저 녀석이 그 패턴으로 끼어들면 답이 없었다.

장기간의 여행이다. 한국 방송뿐만 아니라 월드채널을 보유한 방송국까지 끼어든 마당에, 정승기는 신중해야 한다고 마음을 굳혔다.

"첫날은 새로운 루트 탐색보다는, 다른 팀과 안 겹치는 게 우선입니다. 사람이 덜 몰리는 곳으로만 간다고 보면, 누가 해도 문제없을 것 같습니다. 정 없으면 최연장자이신 광석 형님이……."

후다닥.

"네, 강민호! 오늘의 리더. 꼭 하고 싶습니다!"

출발 기념행사 내내 아무 말 없이 서 있던 민호가 갑자기 가운데로 들어와 팔을 번쩍 들자 일행의 시선이 몰렸다.

"제가 해도 괜찮을까요?"

오늘이 아니면 정말 안 될 것 같다는 애처로운 표정으로 눈을 반짝이는 민호를 보며 일행은 모두 불만 없다는 표정으로 고개를 끄덕였다. 오로지 정승기만이 갑작스럽게 전면으로 나서는 민호의 새 패턴에 놀라 눈이 휘둥그레졌을 뿐.

민호가 손에 쥐고 있던 지팡이를 들어 산등성이의 한 지점을 가리켰다.

"다른 팀과 안 겹칠 경로가 있어요. 저곳까지 다이렉트로."

"그래?"

지도를 든 황지석은 민호가 가리킨 방향을 살펴보았다. 삼림구역. 11개의 팀이 각자의 코스를 잡고 움직이고 있으나, 이 방향으로는 아무도 가고 있지 않았다. 시작점은 똑같기에 초반 1~2km 구간은 아무래도 동일한 코스가 많을 법함에도 선택하지 않은 것에는 이유가 있을 터.

황지석은 그러다 우승 후보라고 알려진 팀인 '리얼리스트'가 아예 정반대로 걸어가는 것을 보았다. 그들의 뒤를 따라 서너 팀이 함께 움직이고 있었다.

주최 측에서 나눠준, 이 지역 정보가 나와 있는 작년 판 종합지도를 확인하던 정승기가 멈칫했다.

"민호 씨. 저 앞, 가문비나무 숲은 미로 형태의 지형이라 '길 잃음 주의'라고 되어 있습니다만……."

"미로요?"

가파른 언덕 아래에서 시작되는 숲은 하늘을 찌를 듯 솟아오른 나무들로 빼곡하게 들어차, 안에 진입하면 한 치 앞도 보이지 않을 것 같은 분위기를 풀풀 풍겨댔다.

황지석도 부정적인 시선으로 숲을 보다가 말했다.

"휘유~ 저기는 그냥 봐도 무시무시해 보여. 도전은 좋지만, 갇혀서 며칠 헤매는 거 아니야? 저 봐, 1위 할 팀도 삥 돌아간다고."

이 모습을 근접 촬영 중인 스칼렛은 한국어를 알아듣지는 못해도 표정에서 느껴지는 의견충돌 분위기에 황지석과 정승기, 민호를 차례대로 찍어나갔다.

민호는 인디언의 활대에서 전해지는 의지와 감을 믿고 이야기한 터라 지팡이를 바라보며 속으로 물었다.

'정말 오늘 내로 갈 수 있어요?'

활대에서 따뜻한 기운이 흘러나왔다. 민호는 가문비나무 사이로 희미한 빛 같은 것이 실처럼 이어지는 환상을 보고 확신이 들었다.

그러나 이 확신만으로는 저 숲에 들어가길 꺼리는 일행에게 신뢰감을 얻긴 힘들다. 고민하던 민호의 시선이 공터 한쪽에 서서 참가자들을 응원 중인 체로키 부족 사람들에게 머물렀다.

"사실, 이건 비밀인데요."

민호는 목소리를 낮췄다.

"어제 기념품 비싸게 사면서 이 지역 토박이 분께 정보를 들었거든요. 저기 체로키 인디언 분들 보이죠?"

이 말을 한 민호가 인디언 청년에게 손을 흔들며 활대를 가리켜 보이자, 상대도 활대 쪽을 가리키며 엄지를 치켜 보였다.

민호가 보기엔 '그 물건 제대로다, 잘 산 거야' 하는 표정이었으나, 일행들이 보기에는 '이 뒤편의 지형이 제대로다' 하는 오해를 불러일으킬 소지가 컸다.

"이 루트라면 최소 반나절은 앞서갈 수 있다고 하네요. 첫날에 이 정도면 선방이잖아요."

거짓말은 아니었다. 단지 정보를 말해주는 토박이가 죽은 지 아주 오래된 인디언이라는 사실을 언급하지 않았다뿐.

"진짜?"

"네, 확실합니다. 여기 저분들 앞마당이에요."

황지석의 표정이 밝아졌다.

"앞서가면 우리야 땡큐지. 좋아, 난 도전 찬성!"

정승기는 코웃음을 쳤으나 반대하진 않았다. "그러면 그렇지. 괜히 나선 게 아니었어"라고 주위에 들리지 않게 투덜거리다 스칼렛의 카메라를 보고 표정을 관리했다.

한소유와 심광석도 찬성의 뜻으로 고개를 끄덕이자 최초의 경로가 결정됐다.

활대를 지팡이 삼아 선두에서 성큼 걷기 시작한 민호에게 스칼렛이 카메라를 들고 따라붙으며 물었다.

『미스터 강. 여긴 상당한 난코스로 알려진 숲인데, 이 방향을 택한 이유가 있나요?』

인디언 청년에게 정보를 들었다는 얘기는 그다지 멋이 없어 보였기에, 괜찮은 말을 생각해 보던 민호는 이 순간 숲에서 밀려들어오는 바람이 너무 청량해서 대화를 멈추고 한차례 크게 숨을 들이켰다. 활대도 그 기운을 느꼈는지 따뜻함을 발산했다.

'여기 숲 향 무지 좋아. 이게 진짜 피톤치드지.'

민호는 숲의 내음이 가득 담긴 바람을 만끽하던 바로 지금, 자신의 옆에 체로키 부족의 인디언이 서서 환호하고 있는 듯한 착각이 들었다. 오래된 벗과 함께 여행을 떠나는 기분이 저렇듯 즐거울까?

『자연을 친구삼아 걷는 것에 이유가 필요할까요? 왜, 길이 이끄는 대로 가지 말고, 길이 없는 곳으로 가서 흔적을 남기라는 말이 있잖아요. 저는 이 친구와 오늘 저곳에 흔적 한 번

남겨 보려고요.』

　민호가 지팡이를 친구처럼 흔들어 보이고는 가문비나무 숲으로 한발을 내디뎠다.

　'흐음…….'

　스칼렛은 아무리 보아도 승리를 쟁취하기 위해 도전적으로 움직이는 것 같지 않은 민호의 모습을 쭉 촬영하다 무전기에서 소리가 들려 손에 들었다.

　치익.

　─9번. 거기 있어?

　'Great Traverse'라는 이름이 붙은 장수 프로그램의 책임 디렉터 마이클 장의 무전이었다. 9번은 한국 팀을 호출하는 콜사인이었기에 스칼렛이 바로 답했다.

　『스칼렛, 수신.』

　─개인채널로.

　주파수를 변경하자마자 마이클이 물어왔다.

　─계획대로 1번으로 가지 갑자기 왜 한국 팀이야?

　『감이 그리 말했거든요.』

　─감이고 뭐고, 헨리잖아. 우리 방송 특성 몰라? 가장 전문가다운 장면이 나와야 평가도 좋을 테고. 네 승진이 빨라지지. 연출 안 할 거야?

내셔널 지오그래픽의 촬영 디렉터에서 한 프로그램의 기획과 방송 전부를 총괄하는 책임 디렉터가 되기까지는 정말 많은 시간과 노력, 그리고 특별한 기회가 필요했다.

그러나 울프를 만나 소녀 시절 천방지축으로 날뛰며 보냈던 시간이 자꾸만 떠오른 통에 그녀도 모르게 도전적인 선택에 기대를 걸게 됐다.

'이걸 뭐라고 설명해야 하나?'

침묵이 이어지자 마이클이 먼저 무전을 보냈다.

─첫 번째 합류 포인트에서 다시 생각해 봐. 내가 그 정도의 여유는 줄 수 있어.

『감사해요, 감독님.』

─무사히 만나자고. 마이클, 아웃.

무전을 끝낸 스칼렛은 정반대편 길로 막 사라지고 있는 '리얼리스트'팀 쪽에 시선을 돌렸다.

헨리가 나중에 보자는 듯 윙크를 하며 손을 흔들어 왔다.

12년 전, 울프의 훈련소에서 지낸 시기엔 그저 동경의 대상이었던 청년. 지금이야 약간 잘생긴, 능글맞은 아저씨 정도의 느낌밖에는 없었으나, 그때는 저만한 짝사랑 대상도 없었다.

'어쨌거나 지금은 이 분야에서 최고지.'

저 팀을 따라가는 것이 좋았을지도, 하는 후회에 물들어 있던 스칼렛은 기왕 선택한 거 끝까지 가보자는 심정으로 카메라를 다시 민호 쪽으로 돌렸다. 그러다 렌즈에 언뜻 비친 영상에 눈을 의심해야 했다.

"What the⋯⋯."

누군가와 어깨동무를 한 채 신나서 걷고 있는 듯한 민호의 모습. 그녀가 수차례 눈을 깜박이자 그 누군가는 사라지고, 지팡이를 의지해 경사를 내려가는 모습으로 돌아왔다.

잘못 봤나 싶어 녹화 테이프를 뒤로 감았다.

10초 전, 지팡이로 바닥을 퉁, 치더니 고개를 끄덕이고, 나는 듯 가볍게 경사를 폴짝 뛰어내리는 민호의 모습이 캠 화면에서 흘러나왔다.

『뭐야, 착각이었네.』

"VJ양반. 팔로우 미. 다들 출발했어."

심광석이 스칼렛의 옆을 지나며 어서 따라오라고 손짓했다. 같은 촬영 팀원인 빌과 랄프도 그 뒤를 쫓아 움직였다.

스칼렛은 알았다고 미소를 지은 뒤 숲에 시선을 던졌다.

겨울에도 낙엽이 지지 않는, 바늘잎이 가득한 나무가 자리한 저 숲은 한낮임에도 곳곳에 그늘이 져 있었다. 상당히 음침해 보이는 분위기. 그런데도 그 안을 걷고 있는 한국 팀은 평화로워 보였다.

큰 치열함이 없다는 것.

이렇게 고달프고 잔인한 대회에 어울리는 걸까, 하고 생각해 보던 스칼렛도 대열의 마지막에 합류해 숲 안으로 걸어들어갔다.

출발 2시간 뒤.

가문비나무 숲 한복판을 걷고 있던 민호 일행은 왜 지도에 '길 잃음 주의'라는 표시가 되어 있었는지를 몸으로 체감 중이었다.

아주 오래, 상당히 멀리 걸어온 것 같음에도 똑같아 보이는 지형. 가파른 경사를 겨우겨우 올라 다음 지형을 살펴보아도 방금 지나온 곳과 구별조차 안 된다.

나무가 아닌 숲을 보라는 명언을 쫓아 사방을 둘러보면 비슷한 간격의 가문비나무와 돌무더기뿐인 공간.

"으어어, 미친다!"

황지석이 고개를 휘저으며 팽팽 도는 눈을 꾹 감았다.

어제도 여기 있었고, 내일도 여기 있어야 할 것만 같은 쳇바퀴 감옥 같은 이 숲은 지도와 나침판을 들고서 한 방향으로만 걸어가는 중임에도 그것을 믿을 수 없는 지경에 이르게 했다.

이동구간에서는 3인이 교대로 촬영 중인 내셔널 측 전문 촬영 팀도 약간은 불안해하는 기색으로 그들과 함께 걷고 있었다.

"강민호 씨."

정승기는 선두에서 마냥 걷기만 하는 민호를 불러 세웠다.

『계속 이대로 가도 되겠습니까? 여기가 어딘지는 알아요?』

해외 촬영 팀을 의식한 정승기의 영어 질문. 약간은 민호를 타박하는 어조였기에 카메라를 들고 있던 랄프도, 중간 대열에서 고른 숨을 내뱉으며 땀을 닦아 내리던 스칼렛도 정승기에게 시선을 돌렸다.

『조금만 더 가면 될 것 같아요.』

민호의 대답이 마음에 들지 않았는지 정승기가 눈살을 찌푸리며 말했다.

『그러니까 그 '조금만'에 여기가 어딘지, 얼마만큼 걸었는지, 어딜 향하는지를 확실히 담아두고 그런 소릴 하느냐 이 말입니다, 저는.』

『글쎄요……. 일단 다들 힘들어 보이니 10분만 쉴게요. 점심은 1시간 뒤에 먹기로 하고, 수분과 당분만 보충해 놓으세요.』

리더로서 대열을 돌아보며 지시한 민호의 옆으로 랄프의 카메라가 다가왔다. 정승기는 마침 잘됐다 싶어 계속 따져 물었다.

『그 인디언 부족인가 뭔가에게 길 정확히 들은 거 맞아요?』

『숲의 여행이라는 게 정확한 길을 따라 움직이는 게 아니라서요.』

『누가 길이 없는 거 모른답니까? 납득을 좀 시켜줘 봐요.』

영어로 대화하고는 있어도 정승기의 톤이 짜증이었기에 나무에 기대어 앉아 있던 심광석과 한소유도 걱정스런 눈으로 민호를 지켜보았다.

"시작부터 싸우지 마."

황지석이 그런 두 사람에게 끼어들었다.

"코스는 시작 전에 다 동의했고, 리더가 정하는 대로 군말 않고 움직이기로 어젯밤에 협의 끝냈잖아."

이 말에도 분위기는 점점 가라앉았다.

민호는 활대에 깃든 주인과 대면시켜 줄 수도 없고, 뭐라 변명할 말이 없어 고민하다 따뜻한 기운이 손에 스며드는 것을 느꼈다. 앞쪽으로 가는 빛이 쭉 뻗어 나가는 것에 고개를 들었다.

'오.'

그렇게 투명한 빛이 레이저의 선처럼 닿아 있는 나뭇가지에 시선이 머물렀다.

『승기 씨. 저기 새 보여요?』

『새?』

민호가 손끝으로 가리킨 나뭇가지 위에는 한국에서는 참

새라 부를 법한 작은 새가 앉아 있었다. 랄프도 이 말에 카메라의 렌즈를 최대한 당겨 확대했다.

오렌지색의 짧은 부리에 비해 상대적으로 긴 꼬리깃, 날개에 흰 줄이 두 가닥 나 있는 새. 스칼렛이 랄프의 캠 화면을 보더니 옆의 빌에게 '저거 이 지역 텃새 아니야?' 하고 물었다.

『정수리가 흰 저 멧새는 숲의 가장자리에서 활동하는 습성이 있어요. 우리 보고 흥분해서 머리깃 새우는 거 보이죠? 먹이를 빼앗길까 봐 걱정하는 눈치네요. 아마 200걸음 안에 강이나 숲 외곽에 도착할 수 있을 거예요. 저 새 울음소리가 듣기 좋아서, 계속 저걸 따라 왔어요.』

"……."

정승기는 하다하다 조류 지식까지 꿰고 있는 민호를 어이가 없다는 듯 바라볼 수밖에 없었다. 이건 뭐라 반론을 할 수 없는 이야기였다.

지팡이를 땅에 짚고 한차례 지식을 뽐낸 채 그렇게 당당히 서 있는 민호는 흡사 사는 땅을 잃고 방황하는 부족을 이끌던 성경 속 누군가를 떠올리게 했다.

"크음."

말도 안 돼, 하고 고개를 휘휘 저은 정승기는 민호와 겹쳐진 환상을 저 멀리 날려 보냈다.

일행 모두 휴식태세로 자리에 앉아 칼로리가 높은 초코바와 견과류를 섭취하고 있을 무렵.

『미스터 강.』

스칼렛이 빠른 걸음으로 다가와 민호의 옆에 앉았다.

『새 울음을 듣고 길을 찾는다고요?』

『아, 뭐…….』

『저는 안 들려요.』

민호는 싱긋 웃으며 그녀의 눈을 가리켜 보였다.

『눈을 감고 몸에서 힘을 빼요. 천천히 숲의 바람 소리를 느껴봐요. 들릴 겁니다.』

침착하기만 한 음성에 스칼렛은 못 미더운 눈초리로 민호를 보았다가 가만히 하늘을 보며 눈을 감았다.

『안 들리…….』

『어깨 힘 빼요.』

『네.』

스스스— 하는 나뭇잎 스치는 소리 틈으로 휘파람 소리 같은 무언가가 느껴졌다. 그것이 새들의 지저귐이라는 건 아직은 모르겠으나 민호의 말이 틀리지 않았다는 것은 알 수 있었다.

『들었어요?』

스칼렛이 감았던 눈을 뜨고 민호를 바라보았다.

나이가 매우 젊을 것이라 예상되는 그는 이 숲 속에 진입하고부터 유일하게 흔들림 없는 표정을 유지 중이었다. 오지를 여행하며 탐험가니 전문 스태프가니, 일 잘하는 동양인과 숱하게 일을 해왔으나 그동안 스칼렛의 눈길을 사로잡은 이는 없었다. 그러나 이 청년은 방송 캐릭터로서도 꽤 매력적이었다.

설령 길을 잃은 것이라 해도 의지가 될 만큼 편안한 모습. 탄탄해 보이는 몸에 호기심 많은 아이처럼 순수해 보이는 눈빛은 덤이라고 치자.

『못 들었어요? 이상하네.』

대답은 않고 그저 빤히 보는 스칼렛의 눈길에 민호가 고개를 갸웃했다. 혼자만의 상상 속에서 퍼뜩 깨어난 스칼렛이 웃으며 말했다.

『들리네요.』

『그렇죠? 이 친구가 거짓말을 할 리 없다니까요.』

민호가 활대를 툭툭 치며 자랑스럽다는 듯 말하자 스칼렛은 궁금해하는 눈길로 물었다.

『트래킹 폴을 사용하지 왜 그걸 들고 다녀요? 친구처럼 애지중지할 만한 이유가 있나요?』

『울프 교관님이랑 똑같은 소리 하시네요. 야생에선 야생에 어울리는 방법이 있는 법이죠.』

이건 스칼렛으로서는 도통 모를 소리였다.

『아, 10분 다 됐네요.』

활대를 지탱해 가볍게 일어선 민호가 스칼렛에게 손을 내밀었다. "Thank you" 하고 민호의 손목 윗부분을 능숙하게 붙잡아 단박에 일어서는 스칼렛의 몸도 무척 가뿐해 보였다.

민호는 그녀의 움직임이 이런 고된 걸음걸이에 익숙해 보여 물었다.

『이런 장소를 촬영하는 전문가면 여기보다 더 위험한 곳도 많이 가봤겠네요?』

『더 위험한지는 모르겠지만, 지내기 힘든 곳은 많았죠. 가만히 있어도 숨쉬기 힘든 사막이나, 어느 땅이 어떻게 꺼질지 모르는 늪지대 같은』

『혹시 그런 곳에서 오랜 역사를 가진 부족이라든지 문명과 단절된 사람들이 사는 곳도 있어요? 저 같은 사람도 갈 수 있는.』

인디언의 유품을 얻고 보니 갑자기 그런 것이 궁금해지는 민호였다.

스칼렛은 고개를 끄덕였다.

『그럼요. 절차만 밟으면 어렵지 않아요.』

민호가 환한 웃음과 함께 "좋았어!"라고 외치는 것을 보고 스칼렛은 빙긋 웃었다.

계속 대화해 보니 어느 정도는 안심이 되었다. 헨리 같은 캐릭터보다 오히려 색다른 그림을 보여줄 수 있을 것만 같은 기대감.

역시, 울프가 괜히 특정 인물을 칭찬할 리 없지.

나뭇잎 사이로 내리쬐던 햇살의 각도가 어느새 방향을 틀었다. 오전에 들어와 오후로 접어들었다는 자연의 표식. 잎 사이로 간혹 보이는 맑은 하늘이 아니었다면 우중충하기만 했을 숲 지역의 걷기여행은 민호의 장담대로 200걸음 안에 끝났다.

일행은 맑은 물이 졸졸 흐르고 있는 5미터 간격의 여울과 맞닥뜨렸다.

"소유 양, 우리 드디어 숲을 빠져 나온 거야?"

"그런가 봐요."

걷기를 가장 힘들어한 심광석과 한소유가 민호를 쳐다봤다. 민호가 고개를 끄덕여 보였다.

"좋았어!"

드디어 숲을 벗어난 일행은 그 성취감에 나직이 환호했다.

'으음.'

이들의 반응에 민호는 활대의 안내로 들은 정보를 차마 밝힐 수 없었다.

여울 건너고 나면 앞의 낮은 언덕 아래 또 숲이 있을 것이란 사실. 일단 숨부터 돌리고 기운을 차려야 걸어도 걸을 것이기에.

"후, 생각보다 날이 찌네."

황지석은 땀에 젖은 재킷을 흔들어 바람을 일으키며 여울 가장자리에서 손을 담가 보았다.

"앗 차거."

햇빛은 따갑지만 물은 뼛속까지 시릴 정도로 냉탕이었다.

"물은 얕아 보이는데? 날 더우니까 후딱 걸어버리면 되겠어. 소유 씨 생각은 어때?"

"물살이 꽤 빨라요. 수위가 낮아도 걷는 건 위험해요."

"돌아가야 하나? 어이, 리더, 점심은 여기서 먹을 거지?"

민호가 고개를 끄덕였다.

"그래야죠. 다들 짐 풀고 식사하세요. 30분 정도 있다가 출발해요."

여울 앞에서 점심시간이 시작됐다.

50km 밖의 보급 지점을 생각해 4일치의 야외용 식량을 미리 들고 온 까닭에 전부 가방에서 압축 포장해 놓은 음식을 꺼내 들었다.

호밀빵에 치즈, 소시지 같은 열량 높은 음식들을 섭취하는 일행들 틈에서 민호도 빵을 씹으며 앞쪽의 여울을 어떻게 건

널지 활대에 물어보았다.

민호의 눈에만 보이는 희미한 선이 여울을 사이에 두고 나무와 나무 사이를 감아 이어졌다.

'그게 가능할까요?'

따뜻한 기운이 민호에게 자신감을 북돋워 주었다.

빵을 입에 문 민호가 갑자기 분주히 움직인 까닭에 옆에서 틈틈이 식사 중이던 촬영 팀 인원도 카메라를 손에 쥐었다.

『내가 쫓을게.』

스칼렛이 비스킷을 얼른 씹어 삼키고 민호를 찍기 시작했다.

『미스터 강. 지금 뭘 하는 거죠?』

『화살이 될 만한 가지를 찾고 있어요.』

『화살?』

『저겼다.』

돌무더기 위로 사뿐 뛰어올라 질겨 보이는 가지들을 나이프로 툭 끊어 내려온 민호가 자리를 잡고 앉았다. 그리고 민첩하게 가지를 다듬기 시작했다.

슥삭슥삭, 순식간에 오돌토돌 튀어나온 부분이 사라진 매끈하고 곧은 가지 3개가 민호의 옆에 놓였다.

스칼렛은 그 광경을 계속 지켜보면서도 민호가 뭘 하는 건지 의아할 뿐이었다.

등산용 로프 끝을 잘게 잘라 작은 실을 뽑아낸 민호는 손질한 가지 끝에 돌멩이를 묶었다. 가지 반대편에는 십자 모양의 흠집을 낸 민호가 만족한 표정으로 일어섰다.

돌화살 3개를 뚝딱 만들어 여울 가까이 다가선 민호.

일행 모두 식사하느라 관심을 두지 않았기에 오로지 스칼렛만 그것을 캠으로 촬영하며 따라갈 뿐이었다.

민호가 종주 시작부터 한시도 손에서 놓지 않았던 지팡이 끝을 발에 걸더니 반대편을 휙 구부려 아치 모양을 만들어 냈다. 스칼렛은 그제야 저것이 지팡이가 아니라 활을 펴놓은 상태였다는 것을 깨달았다.

등산용 로프에서 적당한 부분을 잘라 활대 양 끝에 묶자 그럴싸한 활이 탄생했다. 민호가 돌화살 하나를 활시위에 걸어 반대편을 조준했다.

"후아."

심호흡하고 시위를 크게 당겼다가 놓았다.

핏, 하는 부드러운 소리와 함께 여울 반대편에 있는 나무를 스치고 지나간 화살.

"이 정도면 대충 된 거 같은데."

"민호 씨, 거기서 뭐 하는 거야? 활 놀이해?"

멀찌감치 떨어져 소시지를 먹고 있던 황지석의 물음에 민호는 "대충 비슷해요"라고 대답한 뒤에 다른 화살 뒷부분에 등산용 로프를 묶었다.

스칼렛이 약간 감이 와서 곧바로 물었다.

『미스터 강. 외줄 다리 이동을 하려고요?』

『맞아요. 그거. 용어는 정확히 모르겠지만.』

『화살만으로 반대편에 고정되겠어요?』

『그건요…….』

민호는 여분의 돌화살을 가리켰다.

『몇 번 더 쏴서 정확한 감을 익히면 될 것 같아요. 로프를 묶은 화살은 안 되면 다시 당겨서 또 쏘면 되니까.』

민호는 이렇게 말한 뒤에 두 번째 돌화살을 손에 쥐었다. 그리고 점자시계를 터치해 감각을 극대화시켰다.

계곡을 굽이굽이 철썩이며 물이 흘러가는 소리, 산과 절벽을 타고 돌아들어 오는 바람 소리는 오케스트라의 선율이라 해도 믿어질 정도였다.

'흐음~ 활대 주인의 경험 때문인가? 숲 소리가 더 정겹네.'

뒤이어 왼손바닥에 닿은 활 손잡이 부분의 탄력과 오른손 끝에 닿은 돌화살의 딱딱한 촉감이 고스란히 느껴졌다. 활대를 제외하면 급조한 재료로 만들어 조악하기만 한 도구. 그러나 활대에 어려 있는 주황빛이 민호에게 자신감을 북돋워 주었다.

핏!

시위에서 손을 떼자, 돌화살이 건너편 여울에 있는 나무 밑동 옆을 정확히 스치고 지나갔다.

"연습은 이 정도로 됐고."

민호가 줄이 묶인 돌화살을 시위에 걸자 촬영 중이던 스칼 렛은 침을 꿀꺽 삼켰다. 현대적인 장비도 아니고, 줄을 제외 하면 오로지 자연에서만 얻은 도구를 사용해 여울을 건너려 는 시도는 GPS 단추만 누르면 위성 신호를 받아 이곳이 어 디인지를 1미터 오차 단위로 알 수 있는 세상에서는 생소한 광경이 아닐 수 없었다.

그랬기에 더 관심이 갔다. 저 시도가 성공할지 실패할지.

『스칼렛.』

『네?』

『백오십 년 전쯤에는 이렇게 가볍고 튼튼한 등산 줄이 없 었던 거 알아요?』

『무슨…….』

호흡을 가다듬은 민호가 시위를 당겼다가 가볍게 놓았다.

피싯, 하는 호쾌한 소리에 이어 줄이 함께 날아올라 상당 히 안정적인 직선을 그렸다.

돌화살 끝이 나무 밑동에 도달했을 즈음, 민호가 술술 풀 리고 있던 바닥의 로프줄을 손에 쥐고 낚아챘다. 그 바람에 반대편 나무 밑동에 닿았다가 휘릭, 방향이 비틀린 돌화살이

빙글빙글 돌아 줄기를 휘감았다.

"됐어."

민호가 로프를 적당히 끌어당기자 줄이 팽팽하게 당겨졌다. 그대로 이쪽의 나무에 감아 묶어버리자 여울을 통과하는 긴 줄이 생겨나 버렸다.

『미스터 강…….』

『봤죠? 줄이 가볍고 튼튼하다니까요.』

『그, 그게 중요한 게 아닌 거 같은데요.』

채찍 끝을 기둥에 감아 반대편으로 훌쩍 날아오르던, 영화 속 인디아나 존스를 본 듯한 기분에 스칼렛은 그 신기를 카메라에 담고 있다는 사실이 믿기지 않았다. 하물며 영화 주인공처럼 채찍도 아니고, 거의 10미터 거리에 달하는 돌화살과 줄만으로 성공했음에야.

『뭐, 뭐해요, 미스터 강!』

스칼렛은 놀람을 만끽할 새도 없이 로프에 거꾸로 매달려 반대편 여울로 가고 있는 민호의 행동력에 눈이 휘둥그레졌다.

5미터의 여울을 간단히 건넌 민호가 로프에서 폴짝 뛰어내려 돌화살이 묶여 있는 지점에 도착했다. 다른 이들이 안전히 건널 수 있게 한번 풀었다가 다시 단단히 고정하는 동안, 이 사태를 뒤늦게 본 일행들이 식사하다 말고 스칼렛 옆으로 뛰어왔다.

"민호 씨! 그새 뭐 한 거야? 와, 나~ 말이 안 나오네."

건너편의 민호가 일행들에게 외쳤다.

"식사 끝나면 천천히 건너오세요. 한 명씩 무게는 충분히 지탱할 수 있을 것 같으니까요. 광석 형님. 나중에 그 고리에 제 짐 좀 걸어서 보내 주시겠어요?"

얼마 후, 카라비너에 걸린 민호의 배낭이 경사진 로프를 따라 쭉 내려가고, 식사를 끝낸 일행들의 짐도 차례대로 여울을 건넜다.

『팀장. 이런 로프 이동 얼마 만에 해보는 겁니까?』

빌의 물음에 스칼렛은 2년 전, 수해가 났었던 남부 마을에서 해본 기억을 떠올렸으나 그때는 생존을 위해서였다. 이것처럼 앞마당 캠핑오듯 뚝딱 해치웠던 기억은 결단코 없었다.

"나는 팔 힘이 없어서 물에 빠질 거 같은데."

사람이 이동하는 차례. 심광석이 걱정한 얼굴이 되자 정승기가 다가와 허리와 허벅지 사이를 잇는 로프매듭을 묶어주었다.

"이 카라비너를 위에 걸고 손을 슬쩍 풀어주면서 미끄럼 타듯 조금씩 움직이면 됩니다."

"어우, 이런 방법도 있네. 승기 아우 대단해."

"대단하긴요. 등반하는 사람들은 쉽게 하는 겁니다. 이 로프를 혼자 설치한 저 녀석이 훨씬 대단한 거죠."

정승기는 한쪽에 모여서 이 광경을 재밌다고 촬영 중인 내셔널 팀을 바라보고 나직이 한숨을 쉬었다. 오늘은 주역이 되긴 글렀다.

85.
그레이트 서바이버 (5)

출발 7시간 뒤.

걷는 내내 일행들 심심하지 않게 주기적으로 떠들어 왔던 황지석은 5시간째부터 말수가 적어지더니 이제는 숨을 내뱉는 것도 힘겨워했다.

얼마를 지나왔는지, 여기가 어딘지, 앞으로 어딜 가야 하는지. 아무런 생각도 없이 그저 앞사람의 등을 쫓아 한 걸음 한 걸음 무의식적으로 걷게 되는 시간이 끝없이 반복됐다.

오늘이 고작 첫날이고, 앞으로 이 짓을 200km 내내 해야 한다는 사실이 황지석의 어깨를 더 무겁게 짓눌렀다.

"어구, 죽겠다. 나 이러다 완주 못 하겠어."

"지석 선배님. 저희 한 12키로는 온 것 같은데요? 보름 예정으로만 봐도 오늘치는 거의 끝났어요. 아직 저녁 멀었는데 말이에요."

그 와중에 지도를 들고 GPS의 좌표를 대조해 보던 한소유의 체력은 자신보다 나아 보였다. '젊은 게 좋은 거야' 하고 고개를 돌리니, 시작부터 계속 헉헉거렸던 심광석조차 뜻밖에 끈질기게 걷고 있었다.

"에휴."

황지석이 한숨지었다.

"1키로든 10키로든 여기서 실감할 수 있는 거리도 아니고. 낚시세트는 괜히 들고 왔어. 여기 고기 잡을 수 있는 곳이 안 보이잖아."

어제 오후에 울프 교관이 지나가듯 던진, 사용이 애매한 건 전부 버리라던 팁이 뼈아프게 다가오는 순간이었다.

"민호 씨. 얼마나 더 갈 예정이야? 슬슬 캠핑 지점도 모색해 봐야 하지 않아?"

선두의 민호가 고개를 돌리더니 손가락 3개를 들어 보였다.

"3키로만 더 가봐요."

"민호 씨는 아직도 웃는 얼굴이네. 안 힘들어?"

"목적지에 다 와 가니까요."

중간중간 일행들이 내뱉는 짜증에도 경쾌한 발걸음을 유

지하며 밝은 표정을 잃지 않는 민호의 길잡이는 어찌 보면 7시간 만에 이 정도 거리를 주파할 수 있게 한 원동력이기도 했다.

"다들 힘내세요. 그 인디언이 저 앞에 캠핑하기 좋은 곳이 있다고 했거든요. 칼바람도 덜 불고, 바닥에 습기도 덜하고."

"나 이제 그 인디언 싫어질라 그래."

황지석은 고개를 저으면서도 힘을 쥐어짜 민호의 뒤를 따랐다. 그러다 바로 앞에서 먼저 바위 위에 올라 뒷사람을 위해 손을 내민 정승기에게 눈을 돌렸다.

"승기 씨도 팔팔하네."

"충분히 훈련했으니까요. 지석 선배님도 아직 걷는 게 익숙하지 않아서 힘든 겁니다. 내일, 모레는 점점 걷기 쉬워질 거예요."

"나는 그냥 내일이 두려워."

황지석을 비롯해 심광석과 한소유까지 바위를 넘었을 때, 그들을 기다리던 민호가 탄성을 지르며 한곳을 가리켰다.

"와~ 저 위에 사슴 보이세요?"

민호가 손짓한 언덕 위에는 등에 흰 점이 가득한 가녀린 외모의 새끼사슴이 일행을 빤히 쳐다보고 있었다. 황지석은 아까부터 주기적으로 동물을 잘도 발견하는 민호를 놀랍다는 듯 쳐다보고는 사슴 쪽으로 고개를 돌렸다.

"쟤는 사람이 무섭지도 않나?"

"저 언덕에 보이는 덩굴옻나무가 저 흰꼬리사슴이 좋아하는 별미거든요."

"저 사슴쉐리, 지는 편하게 밥 먹으면서 우리 쳐다보고 있다 이거네."

한국어로만 대화하는 일행을 찍고 있던 빌이 알아듣지 못해 궁금해하는 표정을 짓자, 민호의 지식에 밀려 그다지 말할 것도 없던 정승기가 지금까지의 대화 내용을 천천히 통역해 주었다. 이를 살짝 갈면서.

빌은 그것을 후미에서 원경 촬영을 끝내고 따라붙은 스칼렛과 랄프에게 전달했다.

『3키로 남았다고요? 이 팀 리더는 이 지역을 정말 잘 아는 것처럼 보여요. 첫 방문이 아닌가?』

랄프의 음성에 스칼렛도 오묘하다는 표정을 짓고 앞서 걷는 민호의 등에 시선을 던졌다.

그렇게 한 시간 반을 지나자 지긋지긋한 숲 지역이 완전히 끝나고, 첨예한 절벽이 솟아 있는 산등성이가 보이는 새로운 구간이 나타났다.

민호가 우뚝, 걸음을 멈췄다.

"서, 설마?"

황지석이 기대감이 어린 눈으로 민호를 보았다. 민호는 싱긋 웃으며 고개를 끄덕였다.

"여기서 캠핑하죠. 근처에 물소리도 들리고. 딱 좋은 것 같아요."

"이얏호!"

만세를 부르는 황지석의 뒤로 심광석이 어깨를 축 늘어트리며 자리에 주저앉았다. 한소유와 정승기도 적당한 곳에 가방을 내려놓고 무거운 짐에 혹사당한 어깨와 등을 풀기 시작했다.

민호는 가방을 한쪽에 기대두고 일행이 밤을 보낼 장소부터 물색해 보았다.

'좋은 야영지는 만드는 게 아니라 찾아내는 것이라고요?'

아침에 따뜻한 햇볕이 들고, 산에서 부는 바람을 막아줄 숲이 든든히 버티고, 주변에 깨끗한 물이 흐르기까지 하는 장소.

'오케이.'

활대에서 뻗어나온 희미한 선이 그 지역을 둥그렇게 포위하고 있었다.

"잠은 저쪽에서 자죠."

일일 리더의 최종 지시에 밤을 지새울 준비가 시작됐다.

모닥불을 피울 나무를 채집할 인원, 취침 자리에 판초를 깔 인원, 혹시 모를 눈, 비를 대비한 타프를 설치할 인원까지 금세 배분되어 척척, 일사천리로 야영지 꾸리기가 진행됐다. '비바크'용 침낭백 다섯이 그 안에 나란히 늘어서자 모든 준비가 끝났다.

황지석이 그 앞에 서서 환호했다.

"짜잔~ 컴온, 스칼렛. 빌, 랄프! 잇츠 위아 슬리핑……아, 승기 씨 여기 뭐라고 해야 해?"

카메라 팀을 향해 소리치다 말문이 막힌 황지석이 정승기를 불렀다. 정승기가 카메라 앞에 서서 유창한 영어 실력을 뽐냈다.

『저곳이 저희의 잠자리입니다. 텐트의 무게를 포기하고, 두꺼운 침낭과 라이너라는 조합을 택했죠.』

랄프가 일행의 야영장소를 훑으며 인터뷰겸 촬영을 하는 동안, 스칼렛은 한 사람이 보이지 않는 것 같아 주위를 둘러보았다.

『빌. 미스터 강 못 봤어요?』

『야영지 구성 끝난 거 보더니 방금 저 바위 골짜기 쪽으로 가던데요? 높은 곳에서 내일 코스 연구하려고 그러나?』

스칼렛은 노을이 지고 있는 하늘에 시선을 두었다가 민호가 사라졌다는 방향으로 고개를 돌렸다. 어두워지기까지 이제 대략 1시간. 밤의 산행은 무조건 조심해야 한다. 그러나 민호가 왠지 그전에 돌아올 것 같지가 않았다.

『빌, 나이트 비전되는 카메라 줘봐요.』

『미스터 강 찍으러 가게요?』

『네. 내일 움직일 코스도 미리 찍어 놓고요.』

여분의 테이프와 배터리가 담긴 소형 가방을 허리에 두른 스칼렛이 날렵한 발걸음으로 골짜기로 향했다.

『무리 마세요, 팀장님. 다치면 마이클이 절 죽일지도 몰라요.』

빌이 이렇게 얘기하자 걸어가던 스칼렛이 고개를 돌려 걱정하지 말라는 듯 윙크를 해 보였다.

가파른 적황색 바위 경사면이 층층이 늘어서 있는 구간. 난코스라고도 할 수 있는 그곳을 두 사람이 오르고 있었다.

앞서 이동 중인 민호는 지팡이를 의지해서. 한참 밑에서 오르고 있는 스칼렛은 발끝과 손끝의 힘을 적절히 이용한 클라이밍 스킬로.

『후우. 후우.』

호흡이 거칠어진 스칼렛은 위를 쳐더보더니 혀를 내둘렀다.

『미스터 강은 무슨 평지 걷듯이 오르네.』

밑에서 눈여겨본 민호의 이동은 보면 볼수록 놀람 투성이

었다. 거친 지형을 이동하는 것에 나름 이골이 나 있는 그녀
지만, 한참 위에서 골짜기를 오르고 있는 민호는 그녀의 경
험보다 우위에 있는 매우 노련한 움직임을 보였다.

그렇다고 천천히 가라고 소리치기에는 그녀의 자존심이
허락하지 않았다.

'서두르자, 서둘러.'

손끝에 힘을 담았다가 발끝을 밀어내는 기계적인 동작이
반복됐다. 그렇게 약 10분을 올랐을까? 땀을 닦아내던 스칼
렛은 민호가 갑자기 사라진 것을 보고 눈이 커졌다.

『어디 간 거지?』

정상까지 완전히 노출된 구간이라 없어질 이유가 없었다.
섬뜩한 예감에 등을 돌려 바닥에 시선을 던졌으나 추락은 아
니었다.

10미터 정도를 더 올라 평평한 바위에 팔을 대고 몸을 밀
어 올리던 스칼렛은 바위층 안쪽 깊숙한 곳에 동굴 입구로
보이는 검은 구덩이가 있는 것을 확인했다.

아래에서는 결코 볼 수 없었던 장소였다.

『여기로 들어갔나 봐.』

스칼렛은 입구로 걸어가 옆구리에서 손전등을 꺼냈다. 안
을 비췄으나 바닥이 보이질 않았다.

'어쩌지?'

흔적은 없어도 민호가 이 안으로 들어간 것은 확실했다. 여기서 마냥 기다렸다가 원경만 줄곧 촬영하고 내려가는 것은 내키지 않는 일.

『모르겠다.』

어두컴컴한 동굴 입구에 한 발을 내디딘 스칼렛.

'응?'

이끼가 잔뜩 묻은 바닥을 밟자마자 미끌, 중심을 잃고 그대로 엉덩방아를 찧었다. 다행히 경사면에 쓰러졌기에 아예 바닥을 뒹구는 불상사는 면했으나, 불행하게도 궁둥이가 닿은 바닥 또한 매우 미끄러워 아래로 쭉 빨려 들어가듯 동굴 안으로 순식간에 진입해 버렸다.

『꺄아아아악!』

비명이 나올 수밖에 없는 상황. 황급히 양손을 휘두르며 옆에 잡히는 무언가를 붙잡으려 했으나 넘어지는 원흉인 이끼뿐, 전혀 지탱할 만한 것이 없었다.

슈우우욱.

몸이 미끄럼을 타듯 칠흑의 공간을 부유하던 그때.

탁, 하고 바동거리는 그녀의 손목을 잡아채는 손길이 있었다.

내려가는 힘과 붙잡은 힘이 맞물려 그녀를 잡아챈 상대도 함께 바닥을 뒹굴었다.

『으으.』

스칼렛은 등에 자갈이 충돌했다 떨어지는 고통에 신음을 흘리며 자신을 붙잡아 함께 뒹굴어준 상대에게 고개를 돌렸다. 깜깜해서 아무것도 보이지 않는 장소인 터라 상대의 가슴팍 얼굴을 파묻고 있다는 것만 느껴졌다.

『스칼렛. 괜찮아요?』

민호의 목소리였다. 스칼렛은 안도하며 고개를 끄덕였다.

『네. 고마워요, 미스터 강.』

『그쪽은 다행입니다만, 저는 계속 눌리고 있어서 안 괜찮네요.』

『이런, 미안해요!』

스칼렛은 전신을 밀착하고 있는 만큼 민호가 더 아플 것으로 생각하며 벌떡 일어서려 했다. 그러나 물러서는 그녀의 뒤통수를 민호의 손이 번개처럼 휘감아 콱 멈춰 세웠다. 그 반동에 오히려 민호의 가슴에 더 푹 안겨 버린 상황.

『흐읍.』

스칼렛은 이게 무슨 일인지 오해가 가득한 표정을 지었으나 워낙 어두워 상대에게 전해지지 않으리란 생각에 정신을 챙기고 직접 물었다.

『왜, 왜 그래요?』

『뒤에 돌 있어요. 천천히.』

『……아하.』

민호의 침착한 음성 덕분인지 스칼렛은 점차 마음의 안정을 찾아갔다. 그리고 손전등은 놓쳤지만, 허리 주머니에 담긴 카메라는 그대로라는 것을 깨달았다.

조심스레 허리를 더듬어 카메라를 꺼냈다. 그동안 험한 촬영을 숱하게 함께 해왔던 카메라답게 망가진 곳은 없었다.

지잉.

전원을 켜고, 불빛을 밝히자 안의 모습이 드러났다.

경사져 있는 깊숙한 동굴 아래쪽으로 바위 균열로 이루어진 천연의 통로가 보였다. 불빛을 옆으로 돌리며 지형을 확인하던 스칼렛은 그러다 자신이 침대처럼 사용 중인 민호의 눈과 시선이 마주쳤다.

『웁스, 미안해요.』

스칼렛이 몸을 돌려 자리에 앉자 민호는 그제야 안도의 한숨을 내쉬며 상체를 일으켰다.

『다친 곳 없어요? 피가 좀 나는 것 같은데.』

『조금 긁힌 것뿐이에요.』

『내려가면 응급약 있으니까 줄게요. 소독은 꼭…….』

『그게 중요한 게 아니에요. 미스터 강, 여긴 왜 들어온 거죠?』

이건 골짜기를 따라 가파른 절벽 길을 오를 때부터 묻고 싶었던 질문이었다. 카메라의 불빛이 민호의 얼굴에 닿았다.

이런 어두컴컴한 동굴에 홀로 들어오려 했던 것이 믿어지지 않을 정도로 여유로운 표정의 민호가 대답했다.

『탐험 중이에요.』

『여기서요? 이 시간에?』

『그렇게 오래 걸리진 않을 것 같았거든요. 그리고 여기가 사람이 출입했던 장소 같아 보이기도 했고.』

민호가 아래쪽으로 이어진 바위틈을 가리켰다.

『좁은 여기서 이럴 게 아니라, 내려가죠.』

바위 사이에 나 있던 공간에 웅크리고 앉아 있었기에 민호가 아래를 가리켰다. 스칼렛은 카메라 불빛으로 아래를 더 자세히 비춰보았다. 그렇게 위험한 동굴은 아닌 것처럼 보였다.

『미스터 강도 미끄러졌어요?』

『그랬을까요?』

스칼렛은 방금 자신이 미끄럼을 타다 놓쳐 버렸던 손전등을 민호가 내미는 것을 보고 눈이 커졌다. 언제 잡아챘단 말인가?

경사구간을 조심히 내려온 두 사람이 바닥에 섰다.

민호가 앞쪽을 가리켰다.

『아마도 이 앞에, 인디언 친구가 말했던 '뭔가'가 있을 것 같아요.』

그게 무어냐는 스칼렛의 시선에 민호가 웃으며 말했다.

『가보기 전엔 저도 몰라요. 그래도 위험하진 않을 것 같네요. 스칼렛은 여기서 돌아가요. 이건 그냥 제 개인적인 일탈이니까요.』

스칼렛은 최초에 미끄러졌던 경사면 위쪽에서 흘러들어오는 빛에 시선을 돌렸다. 당황해서 몰랐을 뿐, 이끼만 주의하면 다시 걸어 오르기엔 충분하단 판단이 들었다.

『야생에선 야생에 어울리는 방법이 있다고 했었죠?』

카메라를 들어 나이트 비전으로 전환한 스칼렛이 말했다.

『기왕 따라온 거 저도 이곳에 얽힌 야생의 흔적은 꼭 찍어서 가야겠어요.』

돌과 돌 사이, 이따금 물이 뚝뚝 떨어지는 천연의 동굴을 비집고 들어가 앞서 걷던 민호는 활대로부터 따뜻하다 못해 뜨거운 기운이 느껴지는 것에 목적지가 멀지 않았음을 깨달았다.

『와우, 미스터 강. 이런 지형을 탐험하는 건 그 자체로 보고할 가치가 있어요. 따라오길 잘했네요.』

등 뒤의 음성에 고개를 돌리니 스칼렛도 어렵지 않게 따라붙고 있었다. 단지 축축한 동굴 안의 환경 때문에 옷이 몸에 쫙 달라붙어 있는 것이 눈에 걸릴 뿐. 물이 잘 통하는 소재의 야외활동복을 입고 있기 때문인지 가슴의 굴곡이 미세한 곳까지 적나라하게 드러난 그녀. 보통 때였다면 가슴이 콩닥콩닥 뛰고 몸이 후끈거려 난리도 났을 것이다.

하지만 지금은 아무런 욕정이 생겨나지 않았다. 활대에 깃들어 있는 인디언의 감성에 크게 동화된 까닭에 그저 평화롭고, 느긋한 마음이 됐다.

'으음…… 이거 고자가 되면 이런 기분일까?'

저렇게 끝내주는 몸매의 미녀가 바로 뒤에 있는데 아무 감정도 일지 않는 것도 문제긴 문제다.

『왜요, 미스터 강? 무슨 문제 있어요?』

『아닙니다.』

민호는 헛기침을 한차례 한 후에 정면의 바위틈을 가리켰다.

『앞에 지대가 낮아서 약간 기어가야 할 듯한데, 괜찮겠어요?』

『그럼요.』

먼저 자세를 낮춰 앞으로 기어가기 시작한 민호는 이내, 이 탐험의 종착지인 그곳에 다다르게 됐다.

손전등으로 앞을 비췄다.

널찍하고 매끈한 돌로 둘러싸여 있는 6미터 너비의 공간. 정 한가운데의 큰 돌을 기준으로 마치 비석처럼 수십 개의 바위가 놓여 있는 이곳은, 토착 인디언 부족이 주술 같은 것을 행하던 장소는 아닐까 하는 생각이 들게 했다.

민호는 안에 완전히 들어와 활대를 바닥에 찍자마자 팟, 하고 추억 속의 장면이 떠오르기 시작한 것을 체험했다.

시야가 암전되고, 활을 등에 메고 있는 젊은이가 동굴 안으로 뛰어 들어오는 모습이 보였다. 젊은이는 안에 앉아 있던 주름살이 가득한 노인에게 소리쳤다.

―추장님. 앤드류가 강제 이주법을 통과시켰습니다. 그 더러운 자식이 기병대를 끌고 와서 전 부족을 이 땅에서 내쫓으려고 합니다. 당장 용사를 모아서 반격을…….

―'천둥 화살'아. 진정하거라.

민호는 젊은이가 이 활대의 주인이며, 인디언 식의 이름 방식으로 '천둥 화살'로 불렸음을 알게 됐다.

나직이 청년의 이름을 입에 담은 추장이 타이르듯 입을 열었다.

―부족의 운명을 담보로 큰 전쟁을 벌일 수는 없단다. 그러기엔 저들의 성세가 너무 커. 넌 용사를 모아 우리 부족원이 최대한 안전하게 새 보금자리에 정착하는 것을 확인하거라.

―하지만!

―지구 위의 모든 대지는 신령이 창조한 것이다. 인간은 그 땅에 태어났을 뿐, 누구도 주인이 될 순 없단다. 땅은 모든 사

람의 것인 게야. 그러니 얘야. 너무 슬퍼 말거라.

눈물을 집어삼키는 청년에게 추장이 인자한 눈길을 보냈다가 말을 이었다.

−가거라. 난 노쇠해서 그 여정을 감당 못 해. 이곳에 남아 끝까지 조상님의 무덤을 수호하겠다.

−……돌아오겠습니다, 추장님. 반드시!

그제야 민호는 제대로 이해하게 됐다.

1만6천 명의 체로키 인디언의 강제 이주. 5개월에 걸친 혹독한 이동으로 추위와 기아, 질병에 시달린 끝에 무려 4천 명이 목숨을 잃었던 비극적인 여정. 이 활대의 주인은 그 한복판에서 아파하고 흐느꼈던 체로키족의 용사였다.

그렇게 백오십 년 가까이 흐른 후, 이제야 조상들의 무덤을 수호하러 돌아오게 된 것이다. 그동안 입구와 통로는 지형의 변화가 많았지만, 이 안은 기적적으로 아무런 해가 없었다.

추억에서 깨어난 민호의 옆에 선 스칼렛이 안을 훑어보더니 입을 다물지 못했다.

『세상에. 맙소사. 유, 유적?』

『체로키족의 조상들이 묻혀 있는 장소 같아요.』

'그걸 어떻게?' 하는 스칼렛의 눈길에 민호는 오기 전에 보았던 책을 떠올리고 말했다.

『산맥의 역사라는 책에서 읽었어요. 저 문양. 보이죠? 체로키 부족이 쓰는 문양이에요.』

민호는 활과 활통과 무덤이 그려진 벽면의 기호를 가리켰다.

『저분은 이름이 특이하시네요. '활과 활통'이라니.』

『이름인 줄은 어떻게 알아요?』

『인디언식의 간결한 언어죠. 저기 황소에 등이 강조된 문양은 '황소의 등살 비계'라고 읽는 식. 저기 늑대가 여러 마리인 그림은 숫자 그대로 '세 마리의 늑대'.』

『아하..』

활대의 지식을 통해 민호가 술술 풀어내는 기호언어에 스칼렛은 감탄사를 연발했다.

『미스터 강. 잠시만요. 지금 해준 말들 카메라 앞에서 다시 해줘요.』

정신을 차리고 캠을 민호에게 들이댄 스칼렛. 민호는 고개를 끄덕이며 아픈 역사를 지닌 체로키 부족의 일화까지 차근차근 들려주었다.

'이 정도 했으니 길들이기는 성공한 거겠지?'

민호는 주황빛에 물들어 있는 활대에 시선을 던졌다. 활대로부터 그간 감지됐던 따뜻한 기운 중에서도 가장 온화하게 느껴지는 무언가가 피어올라 민호의 가슴을 어루만졌다.

고맙다는 무언의 의미이리라.

'저도 고마워요. 오늘 도움도 많이 받았고. 이런 신기한 유적 구경도 하고요.'

그렇게 주황빛이 흡수되어 서서히 사라질 것으로 기대했던 민호는 오히려 점점 밝아지면 눈이 부실 정도까지 되자 순간 당황했다.

주황빛이 점차 활대 앞으로 뻗어 나오더니, 민호가 추억 속에서 보았던 그 청년의 형상이 됐다.

"어……."

자신도 모르게 신음성을 흘리는 민호를 보며 스칼렛이 의아한 얼굴이 되어 그를 보았다.

민호에게만 보이는 환상은 그렇게 완전한 형체를 이루더니 비어 있는 무덤으로 보이는 돌 앞으로 걸어갔다.

'이런.'

생각해 보니 활대 주인의 목적은 하나였다. 이 장소로 돌아오는 것. 그렇게 무덤에 도달하자 원을 이뤘고, 유품에 깃드는 것을 포기하고 무덤 속으로 사라지려 하고 있었다.

민호는 이제는 그저 나무 조각이 되어버린, 유품의 껍데기를 한번 보았다가 돌무덤 앞까지 도달한 '천둥 화살'의 형체에 시선을 돌렸다.

'이거 참. 사정이 저리 안타까운데, 사기왕 주사위처럼 욕

을 할 수도 없잖아, 이거.'

뭔가 닭 쫓던 개 지붕 쳐다보는 일이 됐으나, 마음만은 뿌듯한 것으로 퉁쳐야겠다고 정리했다. 그럼에도 씁쓸함은 가시질 않았다.

그런데 사라질 줄 알았던 '천둥 화살'이 고개를 돌려 민호를 보았다. 희끄무레한 환영이었기에 눈이 보이는 것은 아니나 민호는 분명 자신을 보고 있다는 생각이 들었다.

'천둥 화살'이 손을 뻗었다.

휘이이—

그리고 들려온 바람 소리. 민호는 환영으로부터 뻗어 나온 기운이 훅하고 몸을 스치는 것을 느꼈다. 뜨끈한 기운이 왼쪽 손등에 느껴져 바라보니, 천둥과 화살이 교차로 그려진 문양이 은은하게 빛나는 것이 보였다.

'뭐, 뭐야 이거?'

은은하게 빛나던 문양은 곧 사라졌다.

민호는 '천둥 화살'이 고개를 한번 끄덕인 뒤에 돌무덤에 들어가 영원한 안식에 들어가는 것을 지켜보았다.

'방금 나한테 축복 비슷한 걸 내린 건가?'

신령한 무언가를 섬기는 부족. 그런 부족의 용사가 깃들어 있던 유품이라 그런지 기존과는 다른 방식으로 길들여지는 것이 아닌가 막연히 생각할 뿐, 정확한 원리는 파악할 수가 없었다. 손등에 보였던 기호에 무언가 효과가 붙어 있으면 좋으련만, 아직은 모르는 일.

『미스터 강, 괜찮아요?』

넋이 나간 듯 보이는 민호의 팔을 붙잡고 스칼렛이 살짝 흔들었다. 민호는 괜찮다고 고개를 끄덕였다.

『진짜 끝났네요. 이제 나가죠. 밤이 됐을 거 같은데.』

『그래요.』

스칼렛이 마지막으로 동굴 안을 쭉 촬영하고 민호에게 말했다.

『나중에 방송으로 이 장소가 공개되면, 미리 인터뷰자리 하나 예약해 놔도 되죠?』

『상관없어요. 근데 인터뷰는 왜요?』

『여기 촬영한 거, 대회 끝나고 공개되면 엄청난 반향이 올 거예요. 반드시.』

『그 정도로 화제에 오를까요? 그냥 잊힌 돌무덤인데.』

『아무도 몰랐던 장소를 미스터 강이 처음 발견한 거잖아요. 그것도 사연이 풍부한. 제가 다른 건 몰라도 이건 확실히 알아요. 순혈 체로키 인디언들이 지금은 소수가 됐지만, 그 피를 반이라도 이은 혼혈은 아직 많다는 걸.』

스칼렛의 입에서 엘비스 프레슬리니 지미 핸드릭스니 하는 유명인들이 이름이 줄줄이 이어졌다. 민호는 '그랬어요?'

하고 놀라면서도 딱히 감흥은 오질 않았다. 그들의 유품을 얻는 것이 아니라면 어차피 못 만날 사람들이기에.

『미스터 강. 가는 길은 제가 앞장설게요. 출입구까지 통로를 온전히 촬영해야 할 것 같거든요.』

『그렇게 해요.』

스칼렛이 먼저 상체를 숙여 앞으로 움직였다.

민호는 손전등을 들고 그 뒤를 따라 기어가다 신음을 삼켜야 했다.

축축하게 젖어 속옷라인이 그대로 드러난 스칼렛의 하체. 그것이 바로 코앞에서 실룩거리는 매우 아찔한 광경이 아무 여과 없이 그대로 노출된 까닭이었다. 거기다가 이제는, 고자 체험을 간접적으로 시켜주었던 신령한 감성도 사라진 판이었다.

'커헉.'

그래도 참고, 무시하고 기어가던 민호는 지금껏 강제로 억눌려왔던 남자로서의 본능이 꿈틀하자 아랫부분이 돌에 쓸려 통증까지 오는 것을 느꼈다.

『스, 스칼렛. 먼저 가요.』

『네? 왜요?』

『저 이 안쪽에서 한 1분만 명상하고 따라갈게요.』

잠시 후, 민호는 동굴의 입구에 섰다.

낮 동안 내내 하늘이 맑았던 까닭에 지금도 구름 한 점 없는 밤하늘이었다. 달빛과 별빛이 내리쬐고 있는 숲과 산맥의 모습들이 민호의 시야에 고스란히 들어왔다.

『끝내주는 경치네요.』

민호가 나직이 중얼거리자 먼저 올라와 기다리고 있던 스칼렛도 동감한다는 듯 고개를 끄덕였다.

체로키족의 부조리한 인간사와는 달리, 이 땅은 그저 순수하고 아름답기만 한 풍경을 아직 간직하고 있었다. 백오십여 년 전의 그날에도 지금 모습과 크게 다르지 않았을 것이란 생각이 들자 민호는 다시금 가슴이 시큰해지는 것을 느꼈다.

'어?'

손등에서 천둥 화살 기호가 은은하게 빛났다.

민호는 이 순간, 활대를 쥐고 이곳까지 찾아오는 내내 느꼈던 숲에 대한 지식이 선명하게 떠오르는 것이 느껴졌다. 그것도 희미한 선으로 두루뭉술 보여주는 것이 아니라 무덤에서 목격한 체로키 부족만의 그림 기호처럼 확연했다.

가문비나무 숲 방향은 산새와 바람 기호가, 그 너머의 평지대는 토끼와 늑대, 모래알의 기호가.

'아까 나한테 그걸 나눠준 거였구나.'

자연의 이야기, 숲과 동물의 이야기가 투박한 그림 기호가 되어 이해되는 것 같은 신기한 경험. 깜박거리던 지형의 기호들은 점차 옅어졌으나 민호는 만족스러운 미소를 지었다. 언제든 도와달라면 도와줄 것을 알았기에 전혀 아쉽지 않았다.

『내려갈까요, 미스터 강?』

『가요. 일행들 걱정하겠네요.』

민호는 손등의 천둥 화살까지 서서히 사라지는 것을 보고 생각했다.

이 광활한 대지와 산맥을 주름잡았던 인디언은 사라졌지만, 그 뜻이 남아 자신에게도 약간은 이어졌다는 것. 비록 자신이 체로키의 혈통은 아닐지라도, 이 땅을 지나게 된 이상 그들의 철학을 최대한 따라야겠다는 생각이 일었다.

'잘 지내요, 천둥 화살.'

86.
그레이트 서바이버 (6)

〈Day 2〉 가문비나무 숲 경계 캠프지점, 16km.

–스칼렛. 좌표 다시 불러봐.

『북위 35도 36분…… 서경 83도20분…….』

–홀리 지저스! 9번 팀이 현재 1위야. 산악 지역에서 10마일이나 움직였네.

『정말이요? 헨리는요?』

–9.3마일.

『한 12마일은 갈 줄 알았더니.』

–숨 고르는 거겠지. 다른 팀과 중복 코스 피하려고 크게 비껴서 갔어. 그래도 직선거리로 가장 많이 간 거라 여기서는 화제였거든. 그런데 한국 팀이야말로 놀라운 성과인걸?

다들 첫날부터 무리한 거 아니야?

『숲을 관통해서 산악지형은 그리 많이 걷지 않았어요.』

─일직선으로? 특이한 코스군. 오케이, 별일 없으면 내일 아침 정기보고 때 연락해. 마이클 아웃.

아침 일찍 진행된 제작팀과의 무전에 스칼렛은 들뜨지 않을 수 없었다. GPS 좌표를 다시 확인했으나 틀린 숫자가 아니었다.

스칼렛은 나란히 잠들어 있는 한국 팀에게 시선을 돌렸다. 고작 하루를 함께했지만, 앞으로의 여정이 더욱더 기대가 되었다.

특히, 부스스 일어나 아무렇지도 않다는 듯 머리를 긁적이고 있는 저 동양인 청년이 또 어떤 이야기를 보여줄지 참으로 궁금해졌다.

어쩌면 이 고달프기만 한 200km의 트레일이 어제저녁처럼 신비하고 즐거운 일로 채워질 것만 같은 예감도 슬쩍 들었다.

'감은 감일 뿐이지만.'

이른 아침의 공기는 꽤 서늘했다.

침낭에서 고개를 내민 민호는 숨을 내쉬자마자 보이는 하얀 입김에 이곳 온도가 거의 영하에 가깝다는 것을 깨달았다. 상체를 전부 내밀자 차가운 한기가 밀려들어 몸이 저절로 부르르 떨렸다.

"으, 칼칼해."

민호는 기침을 몇 번 해서 잠긴 목을 풀고, 머리맡의 가방에서 수통을 꺼내 물을 한 모금 넘겼다. 그러다 아직 잠들어 있는 심광석과 한소유가 새우처럼 몸을 구부리고 있는 것을 보았다.

낮에는 더워서 땀을 흘리기까지 했음을 떠올려 보면, 날이 지날수록 일교차는 더 심해질 것이다.

"감기 조심해야겠어."

그렇게 앞으로의 일정에서 야영지 온도에 대한 것도 염두에 둬야겠다고 걱정하던 도중이었다. 왼쪽 손등에서 따스한 기운이 일어났다.

'오!'

시야에 들어온 야영지의 풍경 위로, 누군가 낙서하듯 기호가 환영처럼 덧입혀졌다.

구덩이를 파는 그림, 그 위에 통나무를 일렬로 깔아 바닥을 만드는 그림, 바닥 밑에 모닥불로 달궈놓은 돌을 넣어 공기층을 데우고, 뾰족하게 솟은 인디언 천막을 세우는 그림까지.

인디언의 축복으로 깃든 지식 속에서 일목요연하게 떠오

른 이 팁은 몹시 추운 밤을 나기에 적당해 보였다.

민호는 종주 도중 언제 한번 해봐야겠다고 마음먹으며 자리에서 일어났다.

굳어진 몸을 풀기 위해 기지개를 크게 켠 민호는 상쾌한 공기를 들이마시며 가볍게 몸을 풀었다. 그러다 숲 입구 쪽에서 풍경을 촬영 중이던 스칼렛이 카메라를 자신 쪽으로 돌리는 것을 확인했다.

"Hi~"

6개월간 단련된 연예계 생활 때문인지 반사적으로 웃으며 해외 시청자들에게 '굿 모닝'을 건넨 민호. 갓 일어난 자신의 몰골이 매우 부스스하다는 것은 그 이후에야 알아챘다.

'이크.'

등을 휙 돌린 민호는 재킷에 달린 모자부터 뒤집어썼다. 세계인이 보는 유명채널 방송에 꾀죄죄한 모습으로 등장할 수는 없는 법이기에 씻을 채비부터 갖췄다.

『미스터 강. 지금 인터뷰 가능해요?』

『나중에요, 나중에.』

고개를 푹 숙인 채로 냇가로 향하는 민호의 행동에 스칼렛이 의아한 표정을 지었다.

『어딜 가요?』

쪼르르 따라붙기 시작한 그녀.

민호는 스칼렛을 흘끔 보았다가 자신과 마찬가지로 그녀 역시 막 일어난 듯 헝클어진 머리를 하고 있음을 확인했다. 그러나 전혀 개의치 않는 분위기에 성격이 상당히 털털하다는 생각이 들었다.

'아니지. 원판이 미인형이면 뭘 칠해놔도 예뻐 보인다고.'

눈이 마주치자 스칼렛이 'interview?' 하며 빙긋 웃어왔다. 민호는 'no'를 연속해서 3번을 외치며 빠르게 걸었다.

『물가로 가는 중인가요? 미스터 황도 인터뷰를 거절하고 그리 가던데.』

'지석 형님도?'

분명 자신과 같은 이유이리라. 동병상련이 느껴져 민호는 진지하게 답했다.

『한국의 연예인은 어떤 상황에서도 얼굴을 '샤방'하게 가꾸고 촬영에 임하거든요. 뭔가, 직업적인 자존심이랄까?』

민호가 '샤방'이란 단어를 한국어로 발음했기에 스칼렛이 의문 섞인 표정을 지었다. 민호는 그녀의 손에 쥐어진 카메라가 언제 켜질지 몰라 속도를 높였다.

10m가량 나무숲을 이동해 물소리가 나 있는 곳에 도착했다. 먼저 온 황지석은 이미 적당한 자리를 차지하고 용모단정을 위한 노력을 기울이고 있었다.

"아우, 차갑다고!"

비명을 지르며 눈곱을 떼는 위주의 세수만 감행하던 황지석은 다가오는 인기척에 고개를 돌렸다. 그리고 민호와 스칼렛을 발견하자 손을 흔들었다.

"스칼렛 양은 아까 인사했고. 민호 씨는 잘 잤어?"

"네. 좋은 아침이에요."

고양이 세수를 끝낸 황지석이 일어서며 민호에게 물었다.

"밤에 어딜 갔었데?"

"잠깐 저 위에 구경 다녀왔어요."

"체력도 좋아. 아, 맞다. 둘이 동시에 없었잖아. 같이 갔다 온 거?"

민호와 스칼렛을 둘 다 손가락질하는 황지석. 수상해하는 그 눈초리에 민호는 머리를 긁적일 수밖에 없었다.

"그렇긴 했지만……."

"캬, 젊다는 게 좋아. 벌써 썸을 타나. 어디까지 갔어?"

"에이, 그런 거 아니었어요."

황지석이 말해 뭐해, 라고 고개를 끄덕이며 엄지를 들었다. 지켜보던 스칼렛은 '무슨 얘기 나누시는 거죠?'라고 민호에게 통역을 부탁하는 눈치를 보였다.

『아무 얘기도 아닙니다.』

난감해진 민호는 재빨리 말을 돌렸다.

"형님, 다 씻으셨죠? 여기 스칼렛이 인터뷰 기다려요.

Scarlett, He is ready."

민호가 슬쩍 발을 뺐다. 스칼렛이 카메라를 들이대자 황지석은 선크림 좀 바른다며 "원 미니트!"를 외쳤다.

상황을 넘기고 그렇게 냇가로 걸어가며, 민호는 쌀쌀한 온도 때문에 두껍게 차려입은 스칼렛에게 시선을 던졌다.

'물에 젖은 그녀 몸을 실컷 구경했다는 소리는 절대 할 수 없지.'

물가에 도착해 쭈그려 앉은 민호는 손을 수면 아래에 담갔다가 움찔 놀라 도로 뺐다.

"으, 차가워."

황지석이 고양이 세수를 했던 이유가 있었다. 얼음장 같아 뼛속까지 시린 느낌이었다. 민호는 손에 호 입김을 불다가 낮에 따뜻해졌을 때 씻을까 잠시 고민했다.

"한국어로 하면 자막 넣어준다 이거지? 오케이, 오케이. 첫날 소감이라."

뒤쪽에서 황지석의 목소리가 들려왔다. 인터뷰를 생각하면 꽃단장이 필수라는 생각에 결심을 굳혔다.

그렇게 5분여. 악전고투 속에서 세수와 양치질까지 끝마친 민호는 도저히 머리를 감을 자신이 없어 물기만 묻혀 정리해 두었다.

'대충 준비는 끝.'

수건으로 물기를 닦은 뒤 일어섰다. 그리고 황지석이 카메라 앞에서 하는 말을 가만히 들어 보았다.

"……어제 죽자사자 이동할 때는 힘들기만 했거든요. 돌아가고 싶은 생각이 굴뚝같았습니다. 그런데 아침에 일어나서 안개가 자욱하게 어려 있는 산을 보고 있으니까, 굳이 이런 곳까지 와서 발 아프게 걷는 이유를 조금은 알 것 같지 뭡니까?"

황지석이 냇물 너머로 보이는 풍경을 가리켰다.

민호도 그것을 쫓아 고개를 돌렸다.

오늘 지나게 될 산등성이는 앙상한 가지가 많아 어딘지 쓸쓸하고 거칠어 보였지만, 그럼에도 아름다웠다. 산새의 명랑한 지저귐과 리듬을 타듯 흐르는 물소리가 한데 어우러져 적적한 기분이 들지 않게 보조해 주기 때문이리라.

"Thank you, Mr. Hwang."

"응, 나도 땡큐땡큐. 오늘도 쫙 붙는 옷만 입어주면 더 땡큐고. 유 룩 뷰티풀. 아이 라이크 유. 마이 버디 민호 라이크 유."

'뭐?'

콩글리시 발음이 가득한 황지석의 유쾌한 농담에 스칼렛은 웃음으로 화답했다. 민호는 못 말리겠다는 표정으로 황지석을 보았다가 인터뷰를 위해 다가오는 스칼렛에 헛기침을 했다.

『미스터 강도 선크림 바를 시간 필요해요?』

『선크림만이겠어요. 남자용 BB랑, 스킨로션, 향수도 뿌려야죠. 아, 어제 팩하고 잤어야 하는데 피부 거칠어졌네.』

야생 한복판에 서 있는 것을 고려하면 말도 안 되는 소리였다. 황지석의 농담을 무마하기 위한 또 다른 우스갯소리건만 어째 스칼렛이 진담으로 받아들여 기다려 줄 것은 분위기를 풍기자 민호는 얼른 말했다.

『인터뷰 진행할까요? 어제의 소감이라면, 우선…….』

『잠깐만요.』

스칼렛이 카메라를 다리 사이에 끼운 채, 머리카락을 쓸어 올려 뒤로 넘겼다. 팔목에 묶여 있던 손수건을 풀어 한데 모은 머릿결을 휘감자 순식간에 매력적인 포니테일 스타일이 탄생했다. 그녀가 민호를 보며 물었다.

『어때요, '샤방'해요?』

『아…… 그…….』

스칼렛이 머릿결을 만지느라 이리저리 움직인 까닭에 바람을 타고 전해진 상큼한 과일향이 민호의 코끝을 간지럽혔다. 이건 향수가 아니라 그녀만의 채취라고 해야 할 것이다.

『두 분을 보고 있자니 저도 한국의 연예인을 인터뷰할 때 예의를 갖춰야겠다는 생각이 드네요.』

『노, 농담이시죠?』

『글쎄요~』

언덕을 올라가던 황지석이 휘파람을 불며 '잘해봐' 하는 눈길로 민호를 응원해 왔다.

오전 8시, 출발 준비를 끝낸 일행이 한자리에 모였다.

"오늘은 제가 안내해도 되겠습니까? 괜찮은 코스를 찾은 것 같습니다."

새벽부터 지형 정찰까지 다녀온 정승기의 제안에 일행 모두 이의를 제기하지 않았다.

"스칼렛에게 저희가 현재 1위라는 건 다 들으셨겠지만, 페이스를 무리해서 올리진 않겠습니다. 방향만 정해두고, 거리는 제한 없이 오후 5시까지만 걷는 거로 할게요."

"좋아, 좋아."

어제는 집이 그립다고 징징거리던 황지석이 활기차게 대답하자 심광석이 뜻밖이라는 눈길로 그를 보았다.

"맘 편히 걸으면 좋잖아요, 광석 형님. 승기 씨, 출바알~"

"대열은 어제처럼, 대신 저와 강민호 씨만 바꿔서 걸을게요."

정승기를 선두로 황지석과 한소유, 심광석이 대열을 갖췄다. 민호는 가장 뒤에서 그들을 따르며 경쾌한 발걸음을 시작했다.

3시간 뒤.

"언제까지 올라가는 거야. 죽겠네. 으아…… 내가 미쳤지. 왜 여길 따라와서."

산속의 비탈길만 내내 걸어온 시간. 황지석의 앓는 소리에 심광석이 걱정스럽다는 듯 물었다.

"지석 아우, 조울증 같은 거 있는 건 아니지?"

"형님은 다리 안 아프세요?"

땀을 뻘뻘 흘리고 있긴 심광석도 마찬가지였다.

정승기는 일행의 상태를 체크해 보고 손을 들어 올렸다.

"10분만 호흡 고르고 갈게요."

풀썩 주저앉는 황지석은 지쳐 버린 육신에 초콜릿으로 달콤한 보상을 해주며 숨을 골랐다. 한소유가 가방을 내려놓고 허리를 돌리며 스트레칭하는 동안 현재의 촬영 담당인 빌이 선두로 다가와 오늘의 길잡이 역할인 정승기를 집중적으로 촬영했다.

『지금은 힘들어도, 저 위부터 한동안 내리막이라 편할 겁니다.』

이렇게 말한 정승기는 가장 후미에서 잠자코 따라오고 있는 강민호에게 시선을 던졌다. 한동안 지팡이를 손에 쥐고 선지자 코스프레를 하더니 무거워서 안 되겠는지 버린 듯했다.

'그러면 그렇지.'

체력적으로는 자신이 우위. 코스 중반에 펼쳐질 이동 방법은 무조건 주목받을 수 있을 터. 어제의 주인공은 강민호일지 몰라도, 오늘은 자신이 될 거라 확신했다.

"와~"

강민호가 손가락으로 수풀의 한 지점을 가리켰다. 파다닥, 하고 뛰어가는 동물 한 마리. 낙엽의 보호색 때문에 얼핏 보면 알아보기 힘들었으나 색이 대비되는 나무 아래에서 움직임을 멈춘 까닭에 그 모습이 확실히 눈에 들어왔다.

"민호 아우, 저게 무슨 동물이야?"

"털귀다람쥐예요. 귀엽죠?"

"귀엽긴 한데 다람쥐가 고양이만 한데?"

"크기는 저래도 겁이 많아요. 근처에 소나무 숲이 있나 보네요. 쟤들 솔방울을 잘 먹거든요."

쫑긋 선 귀털과 폭신해 보이는 몸뚱이에 외모 자체가 늘 놀란 표정인 다람쥐의 등장에 후미에 있던 랄프가 카메라를 켜 그것을 담았다.

'넌 동물의 왕국 찍으러 왔냐?'

정승기는 시간이 날 때마다 귀신같이 천연의 동물을 찾아내 지식을 뽐내는 강민호를 얄밉다는 듯 쳐다보았다.

"이제 출발하겠습니다!"

10분 동안 솜꼬리토끼니 칡부엉이니, 눈길이 가는 동물은 죄다 집어내 카메라에 담게 한 강민호가 또 주목을 받을까, 정승기는 서둘러 길을 걸었다.

그렇게 30분 정도 갔을까?

정상이 가까워질수록 길이 점점 좁아지자, 이동 간 촬영 담당이 스칼렛으로 변경됐다. 험한 길에서 카메라를 조작하는 건 그녀가 가장 실력이 좋다는 방증이리라.

그녀가 자신 바로 옆에서 촬영하며 걷자, 정승기는 조금은 어깨가 으쓱해졌다.

『오늘도 페이스가 좋아 보이는데, 이대로 계속 1위를 유지할 수 있을 것 같나요?』

스칼렛의 물음에 정승기는 속으로는 무척 자신 있었으나 겸손한 표정을 유지한 채로 대답했다.

『완주가 목표라 크게 신경 쓰지 않고 있습니다.』

이렇게 밑밥을 깔고, 어제보다 훨씬 대단한 루트로 많은 길을 걷게 되면 그거야말로 이득이었다.

『다만, 모르는 일이죠. 우연히 괜찮은 코스를 발견해…….』

"어?"

그때, 정승기의 밑밥 작업을 방해하는 음성이 후미에서 들려왔다.

"발소리가 들려요."

강민호였다.

'이번엔 또 뭔데?'

약간은 짜증이나 강민호를 째려보던 정승기.

두두두─!

그러다 실제로 땅이 살짝 울릴 만큼 둔중한 발소리를 듣게 되자 저절로 그 방향으로 고개를 돌리게 됐다.

"헛."

정승기는 나무 사이에서 삐쭉 모습을 드러낸 손바닥 모양의 큰 뿔을 보고 신음을 삼켰다.

『무스!』

자신처럼 고개를 돌린 스칼렛의 비명 같은 외침.

사람 키만 한 뿔을 지닌 대형 사슴과 크고 작은 사슴 두 마리가 가파른 길을 따라 뛰어 내려오고 있었다. 그 방향이 일행들이 늘어선 대열 쪽이었기에 정승기는 순간 공포에 질렸다.

"피, 피해요!"

민호는 가방을 내팽개치듯 벗어던지고 동시에 회중시계를 꺼냈다.

째깍째깍. 앞으로의 상황이 머릿속을 스쳤다.

숲을 질주하는 사슴 부부와 그 새끼. 선두의 거대 사슴이 가진 돌진속도는 상상을 초월했고, 저마다 큰 가방을 짊어지고 있는 일행의 반응 속도는 매우 느렸다.

비틀며 굴러떨어지듯 몸을 숙이는 한소유와 심광석이 가시덤불에 휘말려 몸을 긁혔고, 황지석이 나무로 뛰어들다 거친 가지에 옆구리를 크게 찔려 살점이 떨어져 나가는 광경이 이어졌다. 정승기와 스칼렛은 제때 몸을 피했으나 바닥을 뒹굴기는 마찬가지였다. 그나마 가장 후미에 있던 빌과 랄프만이 멀쩡했다.

그렇게 10초 뒤의 상황을 체크하고 회중시계를 닫으려는데, 또 다른 동물이 보였다. 황갈색의 등에 하얀 아랫배를 가진 1미터 크기의 야수였다.

'가만, 퓨마가 쫓고 있어?'

사슴이 폭주해서 달려오는 원인을 파악한 순간, 왼쪽 손등이 따뜻해지며 인디언의 경험 하나가 떠올랐다.

"모두 그 자리에 서요! 당황하지 말고!"

민호는 이렇게 외친 뒤에 즉시 앞으로 달려 나왔다.

손을 번쩍 들어 모두에게 진정하라는 표시를 보낸 민호는 스칼렛을 지나쳐 대열의 가장 앞에 섰다. 『위험해요!』라고 외치며 자신과 피신하려는 그녀를 역으로 바짝 끌어당겼다.

『무슨 짓……』

『가만히!』

그리고 그녀의 손목을 붙잡아 위로 들어 올려 자신처럼 만세를 부르게 했다.

두두두—!

말코손바닥이란 이름을 가진 대형 사슴이 근처까지 접근했다. 경황 중에 눈을 질끈 감아버린 스칼렛이 민호에게 급히 물었다.

『이게 뭐하는 건가요, 미스터 강?』

『울타리가 되어보는 간접체험?』

대형 사슴은 손을 치켜들어 장애물처럼 멈춰 서 있는 두 사람을 발견하더니 방향을 살짝 틀어 옆쪽으로 휙 스쳐 지나갔다. 그 뒤를 따라 새끼 사슴도 차례대로 옆을 스쳤다.

『우, 울타리? 농담이죠?』

수컷 혼자였다면 뿔로 들이받고 지나가려 했을지도 모른다. 그러나 새끼를 보호하려는 동물적인 본능이 더 안전한 길을 택하게 했다.

『지나갔어요. 긴장 풀어요, 스칼렛.』

민호는 붙잡고 있던 스칼렛의 손목을 놓았다. 스칼렛은 그제야 눈을 뜨고 몸이 멀쩡함을 확인했다.

황지석이 옆길로 사라지는 대형 사슴을 지켜보며 가슴을 쓸어내렸다.

"와놔, 사슴쉐리. 십 년 감수……."

"지석 형님, 이제 한곳에 모여야 해요. Come here!"

민호는 아직 황당함을 떨치지 못한 스칼렛의 몸을 잡아끌어 나무 뒤로 붙여놓은 뒤 점자시계를 터치했다. 산 너머에서 들려오는 야수의 거친 호흡 소리를 포착하고 빠르게 말했다.

"저 사슴은 새끼를 노리던 포식자를 피해 도망치는 겁니다. 승기 씨, 통역 좀."

민호의 눈짓에 정승기가 촬영 팀에 그대로 전달했다. 황지석이 떨리는 음성으로 물었다.

"포, 포식자? 설마 흑곰이야?"

"흑곰은 주로 식물을 먹어서 사슴은 거의 안 노려요."

"그럼?"

민호는 이제 산 정상에 모습을 드러낸 황갈색 짐승을 가리켰다. 쿠거, 혹은 팬서라고도 부르는 고양이과의 맹수.

"저거 퓨, 퓨마 맞지?"

"조용히, 자극하지 마시고요. 저 종은 성질이 온순해서 이쪽에서 위협하지 않으면 별일 없을 거예요."

이 지역은 쥐나 토끼같은 소형 동물이 많아 퓨마의 먹잇감은 충분하다.

일행 전부 나무 뒤에서 대기하는 사이, 퓨마는 이미 사슴이 저 멀리로 사라져 버린 방향을 응시하더니 다시 등을 돌려 사라졌다.

"갔네요. 괜찮아요, 이제."

약육강식. 그것이 실제로 벌어지고 있는 장소라는 사실을 일깨워 준 갑작스런 사건에 일행은 등골이 오싹해지지 않을 수가 없었다.

"어우, 살 떨려."

황지석이 혀를 차며 일어섰다.

"제대로 야생이구만. 승기 씨, 이 산 빨리 벗어나자고."

정승기는 더위로 인한 땀인지, 식은땀인지 모를 이마의 물기를 닦아내며 고개를 끄덕였다. 그리고 이 와중에 침착함을 발휘해 일행을 안정시킨 녀석을 물끄러미 쳐다보았다. 위기가 사라지자 스칼렛이 민호만 줄곧 찍고 있는 것이 어째 불안했으나 아직까진 괜찮다고 스스로를 위로했다.

"언제봐도 대단합니다, 강민호 씨는. 퓨마가 나타날 건 어떻게 안 겁니까?"

"그러게요. 야생에 왔더니 감이 좋아졌나? 하하."

민호는 웃음으로 얼버무리면서 말했다.

"앞으로 코스 선정할 때 맹수가 많은 곳은 배제하기로 할까요?"

"그러면 좋겠지만, 그걸 어떻게 알 수 있습니까? 종합지도에도 없는 정보를. 내년에는 이 지역에 '퓨마 출연 주의'라는 정보가 붙긴 하겠죠."

"……그게, 그렇겠죠? 당장은 알 수가 없겠네요."

정승기의 반문에 민호는 이번에도 인디언 친구 핑계를 대기는 좀 그래서 턱만 긁적였다.

재출발 직전, 정승기가 모두에게 물었다.

"다친 사람 있습니까?"

모두 깜짝 놀랐다 뿐이지 상처는 없었다.

이동이 재개되자 민호는 점자시계로 증가한 감각으로 맹수의 자취를 살피며 주의해서 걸었다. 그렇게 두 시간을 더 걷고 나서 사방이 탁 트인 평지에 접어들었을 무렵에는 그냥 동물도 보기 힘들었기에 걱정을 덜었다.

오후 2시, 정승기는 늦은 점심을 끝마친 일행들에게 깜짝 선언을 했다.

"암벽등반? 농담 아니고, 진짜로?"

우려가 담긴 심광석의 물음에 정승기는 걱정할 것 없다는 표정으로 정면에 보이는 돌벽을 가리켰다.

"저 벽을 그대로 넘어가면 90m. 옆으로 돌아가면 5km. 단순 계산으로 단번에 5km나 뛰어넘을 수 있는 코스입니다. 우리가 가장 먼저 이 길로 왔기 때문에 선점할 수 있는 길이죠."

"승기 아우, 우리가 무슨 전문 산악인도 아니고."

"등반 난이도를 따져도 높은 편이 결코 아닙니다. 경사가 가파르지만, 수직이 아니니. 그리고 제가 먼저 진입해서 로프를 설치하고, 나머지는 이 어샌더를 이용해 줄을 붙잡고 오르면 됩니다."

줄에 끼우는 손잡이 모양의 도구를 손에 쥐어 보인 정승기의 자신감 넘치는 설득은 이내 심광석의 마음을 돌렸다. 황지석과 한소유도 고개를 끄덕였고, 민호는 이미 재밌겠다는 듯 암벽을 바라보고 있는 상황 속에서 오후의 첫 이동은 등반으로 정해졌다.

"승기 씨, 같이 올라갈까요?"

민호가 다가와 묻자 정승기는 고개를 좌우로 흔들었다.

"아래서 빌레이만 해주면 됩니다."

"빌레이?"

암벽등반의 암 자도 모르는 민호의 질문에 정승기는 얼마만에 만끽하는 우월감 더하기 행복인지 모르겠다는 표정을 짓고서 설명을 시작했다.

등반자가 오르는 동안 아래에서 로프를 풀어주며 안전확보를 해주는 역할. 혹시 추락할 시 자동으로 잠기는 스마트 빌레이 장비까지 준비해 왔기에, 정승기는 이번에야말로 자신의 독무대가 될 것으로 확신에 확신을 거듭했다.

"한 30분 걸리니까 다들 체력 보충하고 계십시오. 민호 씨는 그거 잘 잡아 주고요."

등반용 로프와 로프 고정장비가 담긴 백 하나를 착용한 정승기가 암벽 앞에 섰다.

『지금 올라가실 건가 봐요?』

　역시나 스칼렛이 에이스를 알아보고 말을 붙여왔다.

『네, 로프로 저 밑의 등반 초보자들을 위한 이동 경로를 확보해 놓고 움직일 계획입니다.』

『괜찮네요. 여길 가로지르면 최소 5km를 걸어간 효과가 나올 테니.』

『정확히 아시는군요, 후후.』

　정승기가 의기양양한 미소를 짓는 사이, 경사로를 한차례 훑어본 스칼렛이 말했다.

『잠깐만요, 자세히 촬영하게 여유를 두고 올라와 주세요.』

『네, 네 그러세…….』

　날렵한 옷차림에 허리에 카메라 가방만 두른 스칼렛이 암벽 위로 훌쩍 뛰어올랐다. 자신이 가려던 완만한 코스와는 정반대인 수직 절벽을 오르기 시작하는 그녀의 모습에 정승기는 서서히 말문이 막혀왔다.

　등반스쿨을 열심히 들락거리며 몸에 익혔던 기술을 가볍게 웃도는 동작들. 수직댄스라 불리는 등반기예들이 그녀의 손에서 펼쳐졌다. 손가락 끝만 겨우 걸칠 수 있는 바위, 크림프를 쭉쭉 붙잡고 오르더니 발뒤꿈치를 위로 뻗어 바위틈에 걸고 몸을 쭉 당기는 힐 훅까지 선보이며 순식간에 절벽을 정복해 나갔다.

"와, 광석 형님. 보이세요? 저 처자 몸놀림이 타잔입니다, 타잔."

"그러게."

황지석의 감탄에 심광석도 눈을 떼지 못했다.

50cm를 단숨에 주파한 스칼렛은 몸의 탄력을 이용해 큰 바위판 위로 쭉 올라가 앉았다. 돌 틈에 안전장비를 걸어 두고 자세를 확보한 그녀가 아래쪽의 정승기에게 외쳤다.

『됐어요. 여기 구도 좋네요. 중간지점까지 올라가시면 또 위에서 찍을게요.』

카메라 렌즈를 들이대는 그녀의 모습에 정승기는 얼굴이 화끈거리는 것을 느꼈다. 이건 전문가 앞에서 재롱잔치를 하자는 꼴 아닌가?

어쨌든 움직이긴 해야 하기에 정승기도 한발을 올렸다.

힘과 체력, 균형감각을 중시하며 착실히 한 걸음씩. 왼발, 오른발. 구호를 속으로 내뱉으며 절벽을 오를 때마다 정승기의 상대적인 박탈감은 심해졌다.

'으으.'

스칼렛의 동작을 보고 난 일행들의 눈에는 자신의 움직임 따위 느려터져도 한참 느려터진 굼벵이였다. 이곳을 보며 응원해 줘야 할 일행들이 하품까지 하는 것을 보니, 이게 사실은 위험한 작업이라고 으름장이라도 놓을 것을 하는 후회도 들었다.

그렇게 30분이 흘렀다. 로프 확보를 끝마친 정승기가 암벽 위에서 사인을 보냈다.

"됐어요, 당깁니다!"

수직 절벽으로 길게 늘어트린 줄에 도르래를 달아놓고 짐부터 옮기는 작업이 진행됐다.

'내셔널의 촬영 전문가라는 게 만만히 볼 직업이 아니야.'

등반에 익숙해 보이는 스칼렛은 물론, 그녀의 촬영 팀원 모두 시작 10분 만에 절벽 곳곳에 자리를 잡고 캠으로 이 광경을 찍어 댔다.

[리더의 센스와 한국 팀의 빛나는 협업으로 5km를 단축] 이라는 나중의 자막을 기대했던 정승기는 낙담할 수밖에 없었다. 그나마 저 전문 촬영기사들은 화면에 나오지 않는다는 사실을 위안 삼을 수밖에.

암벽 정상에서 정승기가 묵묵히 가방이 달린 도르래를 끌어 올리던 때였다.

"민호 아우. 괜찮겠어?"

"조금 가파른 정도인데요, 뭐. 광석 형님의 요리도구가 담긴 짐은 제가 안전히 옮겨 놓겠습니다!"

"매번 고마워."

"뭘요."

수직으로 나 있는 지역과 비스듬히 나 있는 지역이 얽혀 있는 암벽. 민호는 위를 한번 보고 한쪽의 경사도가 어제 올랐던 그 동굴과 비슷하다는 것을 확인했다.

왼쪽 손등이 따뜻해지며, 예전 인디언들은 이런 지형 정도는 그냥 뛰어다녔을 정도라는 사실을 알게 됐다.

가방을 멘 민호는 10분 만에 쭉쭉 기어올라 암벽 정상에 팔을 척 올렸다.

"웃차."

민호가 올라서자 도르래를 만지고 있던 정승기가 고개를 돌렸다.

"어……?"

"휴, 여기도 경치 좋네요. 이 동네는 그림이 안 되는 곳이 없네."

어떻게 이리 빨리 올라온 거냐는 정승기의 눈길에 민호는 등에 짊어진 가방을 내려놓고 말했다.

"어릴 때 이런 시골에 살아서요, 하하."

멋쩍게 웃고는 다시 아래로 내려가는 민호. 폴짝, 돌 사이를 가볍게 뛰어 순식간에 지상에 도착했다.

민호가 다시 내려가 이번에는 자신의 가방을 들고 올라왔다. 수직 절벽에서 두 번째 가방을 끌어 올리고 있던 정승기가 멈칫했다.

"너……."

"네?"

순간 반말이 튀어나올 뻔한 정승기는 화를 억누르며 막 올라온 가방을 들어 옆에 두었다. 도르래로 올리는 작업은 쉽긴 하지만 속도가 느릴 수밖에 없었다. 그렇다 해도, 저 자식은 대체…….

오후 6시. 평탄한 황토지대에 야영지를 꾸린 일행들이 스칼렛 앞에 모여들었다.

『12마일 이동했네요.』

GPS로 정확한 좌표를 짚어준 스칼렛의 음성에 일행 모두 놀라고 말았다. 대략 20km. 어제보다 훨씬 높은 수치였다.

"이거, 이대로라면 보름이 아니라 열흘이면 가겠는걸? 보급 포인트도 내일이면 도착하겠어."

일행 대부분 황지석처럼 희망 섞인 상상으로 들뜬 얼굴이 됐다.

"후반에 평지 구간을 많이 걸은 데다 등반으로 5km 뛰어넘은 것이 컸던 것 같습니다."

자화자찬을 겸해 간단한 분석을 내린 정승기가 스칼렛에게 물었다.

『저희가 오늘도 1위 할 가능성이 있는 겁니까?』

　활약이 미미한 만큼 내심 이거라도 얻어내길 바라는 정승기의 눈길에 스칼렛은 잘 모르겠다는 표정으로 무전기를 들었다.

　치익.

『프랭크. 여긴 스칼렛. 1번 팀 야영지가 현재 어딘지 알 수 있을까?』

　그녀의 무전에 10여 초 뒤에 답신이 왔다.

　-현재 야영지는 정해지지 않았다. 헨리가 야간 이동을 할 생각인가 봐. 우린 계속 걷고 있어.

『야간 이동? 둘째 날부터 왜 그렇게 무리야?』

　-비가 오기 전 최대한 이동해 놓을 생각. 보급 포인트도 50km 구간은 패스하고, 100km에서 단 한 번 받는다고 한다.

『현재 좌표 불러 줘봐.』

　무전기를 통해 들은 위도와 경도를 지도에 대입해 보던 스칼렛의 눈이 커졌다.

『25km. 상당히 걸었네요.』

　정승기는 무전의 내용을 듣고 의문 섞인 표정으로 물었다.

『비가 오는 것과 무리해서 걷는 게 무슨 관계가 있는 겁니까?』

『그건…….』

번쩍.

번개가 하늘을 비췄다가 사라졌다. 뒤이어 콰르릉, 하는 천둥소리가 온 사방에서 울려 퍼졌다.

스칼렛은 먹구름이 낀, 내일 이동해야 할 산 정상을 가리키며 말했다.

『강수량에 따라 달라지겠지만, 계곡 물이 넘치면 길이 사라져서 이동을 멈춰야 할 경우가 생겨요.』

빗방울이 하나둘 떨어지기 시작하자, 판초로 만들어 놓은 지붕 아래로 모두 황급히 이동했다. 이내 모닥불이 꺼지고, 뒤이어 배수로로 파놓은 땅에 물이 흘러내렸다.

해가 거의 저물어 가고 있었기에 갑자기 어둠이 찾아온 상황. 스칼렛은 카메라를 들어 하늘을 비췄다가 '맨 앤 정글'팀에게 움직였다.

고달픈 여행. 저 일행 사이엔 그 진정한 시작은 지금부터라는 의미의 무거운 침묵이 흐르고 있었다.

스칼렛은 담담히 하늘을 보고 있는 민호의 얼굴을 클로즈업 했다. 어제는 인디언 동굴, 오늘은 사슴과 조우하는 것으로 보통의 다큐에서는 찍지 못한 장면을 꽤나 건졌다.

그러나 아직까지 이 팀은 극한에 몰렸다고 볼 수 없었다.

그리고 그건 곧 찾아올 것이다. 저 동양인 청년이 과연 그때에도 여유를 유지할 수 있을까?

쏴아아아—

빗줄기가 굵어졌다.

87.
그레이트 서바이버 (7)

〈Day 3〉 고요의 산, 36km.

물안개가 자욱한 축축한 아침.

비를 견디며 밤을 지새운 일행들이 맞이한 셋째 날은 어제와는 또 달랐다. 교대로 한 사람씩 눈을 떠 빗물이 불어날 위험을 계속 확인했음에도 불안감에 제대로 잠을 잔 인원은 아무도……

"어우, 잘 잤다."

단 한 명뿐이었다.

민호는 침낭에서 고개를 내밀었다가 초췌한 얼굴을 하는 일행들을 둘러보았다. 새벽에 2시간 정도 깨어 있었을 시간을 제외하면 취화정으로 내내 곤한 잠을 잔 터라 다크 서클이 내려앉은 그들을 측은하게 쳐다볼 수밖에 없었다.

"비는 그쳤는데 날은 우중충하네."

하늘을 쳐다보고 있던 황지석이 고개를 저었다. 민호도 하늘을 보았다가 빗방울이 계속 떨어지는 인디언의 그림을 보고, 계속 비가 올 것이라 예상했다.

"우의 챙겨 입고 움직여야겠어요."

"움직일 수나 있을지 모르겠어. 곳곳에 새로 생긴 물길이 많을 거라고 어제 스칼렛 처자가 그러드만."

"이 동네 물길은 대충……."

"응?"

"대충 가다 보면 어찌 되겠죠, 뭐."

말린 육포와 견과류로 대충 때운 아침식사 후, 일행 모두 전신에 판초를 둘렀다. 연장자 심광석이 오늘의 리더이자 선두로 결정됐다.

"보급 포인트에 갈 수 있을지 모르겠네. 14km 남은 거지?"

심광석의 중얼거림에 민호가 가까이 붙으며 말했다.

"괜찮을 거예요, 광석 형님. 제가 바로 뒤에 따라가면서 보필할게요. 저녁에 요리 같은 요리해 먹어야죠."

"민호 아우만 믿어."

스칼렛이 방수 세팅이 된 카메라로 걷기 시작한 일행들을 촬영하며 셋째 날의 이동이 시작됐다.

『이동 5분 전!』

팀 '리얼리스트'의 리더 헨리의 칼 같은 외침은 바위 옆에 기대어 촬영 장비를 체크 중이던 내셔널 측 촬영기사 셋을 한숨짓게 했다.

『쉴 틈을 안 주는군.』

프랭크는 뜯고 있던 육포의 나머지를 한입에 털어 넣고 가방을 어깨에 걸었다. 그의 투덜거림에 가까이 걸어오던 헨리가 웃으며 말했다.

『말은 똑바로 해야지, 프랭크. 딱 쉴 틈은 주고 있잖아.』

『죽지 않을 정도의 휴식은 어떻게 보면 더 악랄한 거라고.』

카메라를 손에 쥐는 프랭크에게 헨리가 마침 생각났다는 듯 물었다.

『어제 스칼렛과 교신했다고 했지? 어디쯤 있어?』

『저 산 너머였어.』

헨리는 프랭크가 손짓하는 방향에 고개를 돌렸다가 휘파람을 불었다.

『레 콩트 산? 오늘 내로 못 넘어오겠군.』

『왜? 그러고 보니까 우린 저곳을 빙 돌아왔잖아. 고생해서, 무려 30km를.』

야간 늦게까지 이어진 어제의 강행군에 약간 화가 난 눈치의 프랭크에게 헨리가 부드러운 웃음을 지으며 말했다.

『그만한 이유가 있었으니까. 저기가 왜 고요의 산이라 불리는지 알아?』

『잠깐만, 서바이벌 지식은 녹화 시작하고 얘기해.』

프랭크가 카메라 세팅을 끝내고 녹화 버튼을 누르자, 서른 후반의 중후한 미남이 화면에 잡혔다. 헨리는 레 콩트 산 쪽을 손짓하며 말을 이었다.

『옆에서 보면 그냥 산 같지만, 저 능선 너머는 움푹 들어간 분지 지형이야. 외부와 단절된 태초의 야생 같은 곳이지.』

헨리는 카메라 구도에 자신의 얼굴과 산이 모두 잘 나오는 곳으로 걸어가 말을 이었다.

『분지 안에는 수맥이 흘러. 아주 천천히, 고요하게. 그게 곳곳에 배어 나와 늪과 웅덩이를 이루고 있어서, 보이는 건 흙바닥인데도 잘못 밟으면 소리 없이 발이 푹 들어가지. 저 분지가 지름은 10km에 불과할지 몰라도, 가로지르려면 숱한 위험구간을 넘어야 해. 1m 이동하는 데 한세월. 우리처럼 30km를 돌아오는 게 최선이라고 생각해, 나는.』

『늪지?』

듣고 있던 프랭크가 고개를 끄덕이다 물었다.

『비까지 왔으니 더 심하겠네?』

『심한 정도가 아니야. 비가 여기서 더 내릴 텐데, 꼼짝 못

하고 갇혀 있다가 왔던 길을 다시 돌아가야 할 수도 있다고. 어제까지 2위였을 텐데 안타깝군.』

헨리는 명복을 빈다는 듯 고요의 산 방향에 대고 합장을 해 보였다. 그리고 중국인 동료 웨이 샤오에게 물었다.

『이렇게 기도하는 게 맞나?』

『대충.』

프랭크는 카메라 줌을 확대해 우중충한 하늘 아래 위치한 고요의 산 능선을 한차례 비춘 뒤, 다시 헨리에게 돌려 '리얼 리스트' 팀의 이동 준비를 촬영하기 시작했다.

출발 시각이 가까워지자 헨리가 팀원들 틈을 돌며 점검을 시작했다.

『웨이, 날씨 예상은?』

『10시에 업데이트된 정보로는 2시간 뒤 80%. 강우량은 20~50㎜ 예상.』

구형 PDS 단말기에 떠 있는 정보를 확인한 웨이의 대답에 헨리는 하늘을 흘끔 보고 고개를 끄덕였다.

『한 번에 많이 오네. 역시, 오늘은 장거리 이동은 못 하겠어.』

헨리의 중얼거림에 촬영 중이던 프랭크의 얼굴이 밝아졌다.

『슈, 블로그는?』

『사진 업로드 중.』

광역통신기구가 달린 노트북을 만지작거리는 젊은 여성이 헨리에게 2분이라는 사인을 보내왔다.

『반응은 어때?』

『실시간 여행기라 방문자 수가 심상치 않아. 배너 클릭수도 높고, 코멘트도 우호적. '좋아요' 숫자는 내 사진이 압도적으로 높아.』

『나는?』

『한참 차이 나는 2등.』

『쳇. 어쨌든 좋아.』

　입맛을 다시던 헨리가 고개를 돌려 대형렌즈를 마른 수건으로 손질 중인 사내에게 물었다.

『라미, 배터리 여분은 얼마나 남았어?』

『2일 치. 하늘이 이래서야 태양광 충전은 힘들어.』

『당분간은 블로그 업데이트에만 전력을 써야겠네.』

『헨리. 나 여친한테 문자 보내는 건 허락해 줘. 이제 겨우 사랑이 싹텄다고.』

『줄리아 말하는 거야? 그렇게 깐깐한 성격 아니었잖아.』

『정정하지. 여친'들'.』

　이 모습을 촬영 중이던 프랭크가 피식 웃었다.

　서바이벌 전문 블로그를 운영하는 팀답게 생존 도구 외에도 각종 전문 장비를 들고 이동 중인 그들. 이런 장소가 익숙하다는 측면에서는 내셔널의 오지 탐험 촬영팀 못지않았다.

프랭크는 힘든 기색 하나 없이 농담을 주고받으며 호흡이 척척, 톱니바퀴처럼 맞물려 들어가는 그들을 지켜보며 의문을 느끼지 않을 수 없었다.

출발 전날 자신들을 찾아와 교체를 요구했던 스칼렛의 의도가 무엇일까 하는. 이 대회의 에이스가 누구인지는 이미 답이 나와 있는 문제다. 실제 방송에서 가장 많은 주목을 받을 1번 팀을 마다하다니.

시간을 체크한 헨리가 외쳤다.

『자, 5분 됐어. 출발!』

후드득—

'맨 앤 정글'팀은 고요의 산 능선을 넘어, 안개가 스멀스멀 사방에 뒤덮인 숲을 걷고 있었다. 1시간 전만 해도 가늘었던 빗줄기가 지금은 사정없이 쏟아져 내려 한 치 앞도 구분하기가 힘들었다.

"끈적거려!"

황지석이 못 견디겠다는 듯 비명을 질러댔다. 간밤에는 일행들을 추위와 공포에 떨게 했던 비가, 지금은 바람이 통하지 않는 우의 때문에 땀과 끈적임이 얽힌 불쾌감을 선사해 주는 중이었다.

"지석 아우, 조금만 힘내."

"형님, 그 조금만이 벌써 3시간째라고요."

"비가 이렇게 오는데 쉴 곳도 없잖아."

"방법이 없겠어요?"

우의의 빳빳한 섬유 위로 두둑 떨어지는 빗방울 소리에도 짜증이 쌓여가고, 한참 걷던 길이 개울로 돌변해 한 발 한 발이 진흙탕 속에서 헤매는 느낌을 가져다줄 무렵이었다.

마침내 폭발한 황지석이 외쳤다.

"나 못가! 신발에 자꾸 물이 차는 이딴 길을 어떻게 가냐고! 형님, 다른 길 택합시다!"

심광석이 곤란하다는 표정으로 황지석을 보았다. 그리고 바로 옆에서 걷고 있는 민호에게 시선을 보냈다. 도와 달라는 눈빛. 길의 방향을 잡는 건, 처음부터 심광석이 아니라 민호가 담당하고 있었다.

민호가 고개를 돌려 황지석에게 말했다.

"저, 지석 형님. 그나마 이곳이 가장 괜찮은 물길이에요."

"무슨 소리야, 민호 씨. 이런 진창이?"

"약간의 진흙은 있어도 물이 스며들지 않고 흘러내릴 만큼 바닥이 탄탄하거든요. 바위가 있어서."

민호는 물길에서 벗어난 땅을 가리켜 보였다.

"한번 밟아 보세요."

"뭔 소리야" 하고 옆 라인으로 성큼 내디딘 황지석은 순간 무릎까지 훅 빠져드는 흙의 깊이에 놀라 비명을 질렀다. 민호는 기다리고 있었다는 듯 그런 황지석의 팔을 붙잡아 부축했다.

"나오세요."

"뭐, 뭐야, 여기!"

"이 일대에 그런 웅덩이가 많아요."

황지석은 비와 안개 때문에 시야 확보도 어려운 숲 곳곳에 함정 같은 늪지대가 도사리고 있음을 확인하고는 등줄기에 소름이 돋아나는 걸 느꼈다. 비로 인한 짜증 때문에 앞만 보고 걷다 보니, 이곳이 위험지대라는 사실조차 눈치채지 못하고 있던 것이다.

"우, 우리 고립된 거야?"

"아니요."

"사방이 물 천지에 웅덩이면 어떻게 움직여? 이러다 푹 빠져서 꼴깍하는 거 아니야?"

"아…… 진정하세요. 설명해 드릴게요."

긴장한 황지석의 음성과는 달리 민호의 음성은 차분했다. 민호가 안개 사이로 언뜻 보이는 저 먼 능선에 있는 바위 절벽을 가리켰다.

"여기가 늪지대긴 해도 저렇게 단단한 바위가 존재해요.

곳곳에 암맥이 흐르거든요. 밟고 갈 길은 있다는 거죠."

"암맥? 돌다리 같은?"

"뭐, 비슷해요."

두 사람의 목소리에 후미에서 따라붙고 있던 촬영담당 빌이 민호를 클로즈업했다. 스칼렛까지 시선을 집중하며 궁금한 표정을 짓자 정승기는 한숨을 푹 쉬고 통역을 시작했다.

"그런 길은 어떻게 찾는데? 사방이 물 천지구만!

"바위에서만 자라는 이끼 같은 게 있는데…… 저거 보이시나요?"

민호가 손가락질한 곳엔 움푹 튀어나온 거무튀튀한 바위가 있었다. 그 위에 붙어 있는 초록빛의 기형적인 잎을 가진 식물.

"저걸 따라가면 돼요."

"정말이네."

물 바닥 곳곳에 저런 이끼를 가진 식물이 보였다. 그러나 눈을 크게 뜨고 살펴도 발견하기 쉽지 않았다. 그걸 민호는 대수롭지 않게 찾아내 지금껏 평지 걷듯이 이동해 왔다는 말이었다.

황지석은 이 숲에서만 통용되는, 물 아래 있는 특이한 돌길의 존재에 감탄하지 않을 수 없었다.

"나 참, 민호 씨는 대체 모르는 게 없네."

칭찬에 멋쩍은 표정으로 서 있던 민호는 여기서 인디언 친구, '천둥 화살' 덕분이라고 언급할 수 없어 헛기침하며 변명했다.

"제가 어릴 때 시골에 살다 보니, 산에 있는 환경에 대한 감이 조금 있어요. 이번 한 번만 눈 딱 감고 믿어 보시면 오후에는 꼭 이 산을 넘을 수 있게 해드릴게요."

가장 후미에서 선두의 대화를 카메라 팀에게 통역해 주던 정승기는 일순 어이가 없다는 눈길을 민호에게 보냈다. '그 버라이어티한 시골이 대체 어디냐?' 하는 눈길을 보내다 한숨을 내뱉고 마저 통역했다.

이끼. 영어로는 'Moss'라 불리는 음습한 식물은 앵글로색슨어 계통의 '늪지'라는 말에서 어원을 찾을 수 있다고 그나마 알고 있던 언어학 잡지식을 덧붙이는 것으로 민호의 활약상에 억지로 한 숟가락을 올렸다.

민호가 황지석에게 조심스레 말을 덧붙였다.

"3시간이나 올라왔는데 다시 내려가긴 아깝잖아요. 기분 푸시고 힘내서 가요, 지석 형님."

"기분이야 아까 풀렸어. 화내서 미안해, 민호 씨."

이렇게 사과한 황지석은 민호를 새삼 놀랐다는 듯 바라볼 수밖에 없었다.

깊이 있는 지식은 전매특허니 그렇다 쳐도, 어린 친구라고는 도저히 무시 못 할 저 긍정과 침착함은 대체 뭔지. 한순간이나마 짜증을 냈던 자신이 마구마구 부끄러워질 정도였다.

"민호 씨 스물넷이라고 했지?"

"네."

"재주도 많아. 진짜로. 이 형이 정말 본받고 싶어지네. 한국 가면 내가 크게 한턱낼게."

황지석은 한결 온순해진 눈길로 일행들을 돌아보았다.

"미안했습니다, 다들. 나잇살은 처먹고 혼자 난리네, 난리. 광석 형님, 갑시다!"

언제 그랬냐는 듯 밝아진 얼굴의 황지석. 다시 출발할 때는 콧노래까지 흥얼거리는 그를 보며 심광석은 기분이 매번 오락가락하는 듯 보이는 동생을 걱정스럽게 쳐다볼 수밖에 없었다.

흡사 이 동네가 앞마당이라도 된 듯 흔들림 없는 민호의 태도에 '맨 앤 정글' 일행은 고요의 산의 분지 지역을 걱정 없이 이동해 나갔다.

내내 쏟아지는 빗줄기와 정신없이 흐르는 물줄기에도 불구하고, 아무 피해 없이 안전하게.

바위 절벽 아래에서 가진 짧은 점심시간.

"어? 도롱뇽이네요."

돌 위에 앉아 있는 50㎝ 크기의 큼지막한 도롱뇽을 발견한 민호가 한곳을 가리켰다.

"어우, 징그러워."

한소유는 못 보겠다는 듯 고개를 돌렸고, 나머지 일행은 신기하다는 듯 끈끈한 점액이 뒤덮인 도롱뇽을 자세히 관찰했다.

"고놈 진짜 못생겼다."

"사람은 안 무서워하나 봐요."

"저거 배경으로 사진 한 방 찍을까? 스칼렛! 헬프 미! 픽쳐, 픽쳐!"

황지석의 제안에 일행 다섯이 도롱뇽이 자리 잡은 바위 뒤에 섰다.

스칼렛은 사진기를 손에 쥐고 '헬벤더'라 불리는 도롱뇽 친구와 함께한 '맨 앤 정글' 팀의 모습을 사진에 담기 위해 구도를 잡았다.

웃고 있는 황지석, 인자한 표정의 심광석, 징그럽다는 듯 고개를 옆으로 한껏 돌린 한소유, 한가운데 자리를 차지한 도롱뇽을 한심하다는 듯 바라보는 정승기.

그리고…….

스칼렛은 가장 오른편의 민호에게 시선을 두었다.

고요의 산은 가문비나무 숲처럼 종주 코스로는 잘 선택하지 않는 위험지역이었다. 그런데도 저 동양인 청년은 오늘도 마찬가지로 일행을 안전히 이끌어 이곳을 지나고 있었다.

민호가 왼손등을 바라보며 뭐라고 중얼거리는 모습이 보였다. 며칠 한국어를 들었음에도 전혀 알아듣지 못할 입 모양. 그러나 편안히 미소 짓는 민호의 표정에서 기분 좋은 얘기를 하고 있으리라고 예측할 뿐이었다.

"Are you ready? Three, Two⋯⋯."

셔터를 누르기 직전, 스칼렛은 민호의 왼편으로 투명한 굴곡처럼 느껴지는 사람의 음영이 보인다는 말도 안 되는 착각에 눈을 크게 깜박였다. 비 때문인지 마치 누군가 서 있는 듯한 모습.

찰칵.

디지털 카메라에 담긴 화면을 확인해 보았으나 이상한 징후는 없었다. 잘못 봤겠지, 하고 고개를 휘저은 스칼렛은 사진촬영 잘됐다고 일행에게 오케이 사인을 보냈다.

"스칼렛! 웨잇 웨잇!"

황지석이 민호의 팔을 붙잡고 한달음에 달려오더니 스칼렛에게 말했다.

"마이 브라더 민호 앤 스칼렛 커플 픽쳐! 카메라 이리 내봐요. 깁미, 깁미."

"형님!"

엉겁결에 따라온 민호가 이 말에 당황해 고개를 저었다.

"Scarlett, sorry. 커플이라뇨. 그러면 스칼렛이 오해해요."

"아, 왜? 이 처자랑 단둘이 사진 찍고, 추억이 있어야 진짜 썸을 타지."

"그런 사이 아니라니까요."

무슨 대화를 나누는지는 몰라도 그 활발한 분위기에 스칼렛은 부드러운 미소를 지으며 바라볼 뿐이었다.

"이봐, 스칼렛도 민호 씨가 좋으니까 막 웃잖아."

"그냥 사람이 친절한 거라니까요."

"에잇, 나나 한 장 박아야지. 스칼렛! 유 앤 미, 커플 픽쳐!"

황지석이 옆에 바짝 붙어 셀카를 찍자 스칼렛은 V 자를 그려 보였다. 그리고 옆의 민호를 보며 물었다.

『미스터 강, 점심 후에 한 5분만 따로 인터뷰 가능해요?』

『저만요?』

끄덕끄덕, 하고 웃는 스칼렛.

『이 분지에 대해 자세한 설명 영상을 덧붙이면 좋을 것 같거든요.』

"스칼렛이 뭐라는 거야? 따로 데이트하재?"

"아니요."

"맞구만!"

황지석이 쌍 엄지를 치켜들고 민호에게 잘해보라는 눈빛

을 보내왔다.

　오후 1시가 되자, 산맥 일대에 내리던 비가 절정에 달했다.
　하늘에 구멍이 뚫린 듯 폭우가 시작되어, 주최 측에서도 이동보다는 안전을 신경 써 달라는 무전을 일일이 보내왔을 정도였다.
　리얼리스트 팀은 화강암 절벽 사이에 나 있는 천연동굴 아래 멈춰 비가 그치길 기다렸다.
　『고작 5km라. 많이 못 왔네. 오늘은 빗속의 여행을 테마로 안전과 느림의 미학을 강조해야겠어. 라미, 사진 콘셉트도 그리 잡아서 슈에게 건네줘.』
　헨리의 말에 사진촬영 담당인 라미가 고개를 끄덕였다.
　프랭크는 휴식을 취하는 김에 저편에 보이는 산에 있을지 모를 한국 팀에게 무전을 쳐보았다.
　치익.
　-여기는 스칼렛.
　『나, 프랭크야. 지금 어디쯤이야?』
　-고요의 산을 지나고 있어.
　『정확히 어디?』
　-능선이 거의 보이네.
　『능선? 돌아가는 길?』
　-아니, 분지를 가로질렀어. 미스터 강의 안내가 예상보다

더 정확해서 3시쯤이면 보급 포인트에 도착할 것 같아.

이 무전을 옆에서 들은 헨리가 약간 놀란 표정으로 프랭크를 보았다. 프랭크 역시 잘못 들었나 싶어 무전기에 더 귀를 기울였다.

−1팀은 보급 포인트 무시하고 가는 길이야?

『그렇긴 한데, 비 때문에 발이 묶였어. 사방이 강이야.』

−그래? 그럼 우리보다 많이 앞서지 못했겠네.

『그쪽이야말로 위험한 거 아니야? 이 비를 뚫고 그 산을 지났다고?』

−그렇긴 하지만, 지나온 길이 상당히 안정적이었어. 미스터 강이 인터뷰에서 이런 말을 하네. '비가 내리는 상황도 자연의 섭리다. 그것을 경험하며 걷는 것 또한 하나의 여정이라 생각한다'고. 멋있지 않아? 그리고 이 지역 알고 보면 그렇게 위험하지 않아. 바윗길을 밟고 이동 중인데…… 아, 자세한 건 나중에 편집할 때 봐. 놀랄 만한 장면 많을 거야.

무전이 끝났다.

헨리는 저 멀리 빗줄기에 가려져 이제는 잘 보이지도 않는 고요의 산 정상에 시선을 던졌다.

『분지를 탈 없이 지났다고? 서바이벌 전문가라면 내가 모를 리 없어……. 프랭크. 미스터 강이란 사람. 이름이 정확히 어떻게 되지?』

『나도 그건 모르겠어.』

『슈! 대회 홈페이지에 들어가서 검색해 봐! 가능하면 다른 정보까지 같이.』

『배터리는?』

『괜찮아, 허용할게.』

잠시 후, 노트북을 들어 광역통신망에 접속해 검색해 본 슈가 "Oh!" 하는 감탄사와 함께 입을 열었다.

『명단 이름으로 구글링해 봤더니, 'Y튜브' 월드채널로 이런 게 나오네.』

슈가 동영상 하나를 열어 헨리에게 보여 주었다.

강민호가 파쿠르를 하며 공원과 도심을 누비다가 패러글라이딩에 스카이다이빙까지 하는 영상. 조회수가 천만 가까이 되는 것이 세계적으로도 유명세를 타고 있는 영상이었다.

『minho'라. 한국의 익스트림 전문가였네.』

『헨리, 한국 쪽 채널에는 이런 영상도 있는데?』

저화질이긴 하나 차량으로 곡예 운전을 하는 모습에 이어 의사 가운을 입고 떠드는 모습, 피아노를 치는 모습, 관객이 한가득한 스타디움에서 컴퓨터를 앞에 두고 사이버게임에 몰입하는 모습까지 주르르 흘러나왔다.

『……대체 뭐하는 인간이야 이거?』

검색하면 할수록 오리무중에 빠져들게 하는 미스터 강의

존재에 헨리는 신음을 집어삼킬 수밖에 없었다.

『웨이. 한국 팀이 3시까지 보급 포인트에 도착하는 걸 가정하면 우리와 차이가 어느 정도야?』

『반나절.』

『그게 가능해?』

『저쪽은 첫날부터 직선으로만 움직인 꼴이니까. 지도상의 이동 거리는 50km지만 실제 걸어간 거리는 40km에 불과해. 우린 말 그대로 50km를 걸었고.』

라이벌 따윈 존재하지 않으리라 생각했던 종주였다. 마음 편안히, 블로그의 방문자 숫자만 고려해 깔끔한 코스를 보여 주면 그만이라고.

'스칼렛이 저 팀을 택한 이유가 있었다 이건가?'

헨리는 이번 대회의 방향 설정을 수정해야겠다고 결심하고 일행에게 말했다.

『10분 뒤 출발하겠어! 슈, 노트북 끄기 전에 블로그에 새 토픽 하나 올려 둬. 한국 팀의 독특한 경로와 선전을 축하하는 내용으로.』

『정말?』

『저쪽이 본격적으로 따라오시겠다는데, 정확히 기록해서 수준 차이를 확실히 보여 줘야지.』

그레이트 스모키 산맥의 중심부에서 동북쪽으로 50km. 첫 번째 보급 포인트인 백컨츄리 캠프 사이트로 여덟 명의 인원이 걸어 들어왔다.

이곳을 그냥 지나쳐 버린 '리얼리스트'를 제외하면 가장 먼저 보급지점에 도달한 팀이기에 대기 중이던 사람들의 이목이 쏠렸다.

내셔널 지오그래픽의 카메라와 한국 NBS방송국의 카메라가 동시에 촬영 중인 선두의 사내는 큰 덩치에 부드러운 인상의 동양인이었다.

"어? 하 PD님!"

카메라를 쭉 당겨 모니터링 중이던 조연출이 담당 PD를 급히 불렀다.

이제는 잔잔해진 빗줄기 속에서, 선두에 선 인원이 가방에 꽂고 있는 깃발이 드러났다.

'맨 앤 정글'이라는 글자.

트레일 전문 팀만 세 개. 건장한 운동선수들이 속해 있는 팀까지 즐비한 가운데, 당연히 하위권에 속할 것이라 여겼던 한국 팀의 등장은 대기 중이던 제작진의 예상을 훌쩍 뛰어넘은 일이었다.

3일이 채 안 되는 시간 동안 오버페이스로 50km를 걸어온 그들의 모습은 피곤에 지쳐 보이기는커녕 도리어 즐거워 보이기까지 했다.

"도착! 그 폭우 속에서 14km를 주파해 내다니. 난 내가 자랑스럽다. 우리 팀이 자랑스러워!"

황지석이 환호하며 캠프장 쪽에 있는 사람들에게 손을 흔들었다.

"캬, 광석 형님. 리더 되시더니 아침부터 선택 진짜 잘하셨습니다."

"내가 뭘…… 민호 아우가 다 했지."

"그거 말입니다, 그거. 내일 제 차례에도 민호 씨 의견 따라 방향 정해야겠습니다. 물길 따라 삼십 리! 민호 씨만 믿고 가는 거지."

"지석 아우. 혹시 조울증이…….."

캠프장 입구를 통과한 '맨 앤 정글' 팀은 일사불란 오늘의 야영지를 정하고, 가방을 한쪽에 내려놓았다. 그들에게 하 PD가 카메라와 함께 달려들었다.

"다들 괜찮으신 겁니까? 저희는 비 때문에 내일 도착할 줄 알고. 예상도 못 했습니다."

"촬영 그림 좀 뽑게 무전 쳐 놓을 걸 그랬나요? 푸흐흐."

기분 좋은 웃음을 터뜨린 황지석이 한 사람을 가리켰다.

"민호 씨가 워낙 전문가여야 말이죠."

첫날부터 있었던 일을 술술 얘기하기 시작하는 황지석 덕분에 인터뷰가 곧바로 시작됐다.

짐을 대충 정리하고, 비가 그쳐 드디어 우의를 벗어 던진 민호는 한결 홀가분해진 몸으로 심광석에게 다가갔다.

"형님, 오늘은 불기 가득한 음식 해먹는 거 맞죠?"

"그래야지. 보급 새로 받을 거니까, 수프랑 파스타 면에 소시지 곁들여서 전부 먹어 볼까?"

"꼭 보조하고 싶습니다!"

"그래, 그래."

그날 저녁.

모닥불에 둘러앉아, 야외 특제 파스타를 맛보는 '맨 앤 정글' 일행들의 얼굴에는 저마다 행복감과 성취감이 어려 있었다.

『정말 맛있지 않아, 빌?』

『그러게. 미스터 심이 요리사라더니 냄새부터 고급스러워. 저런 양념으로 어떻게 이런 맛을.』

『미스터 심뿐만 아니라 미스터 강도 실력 엄청나던데? 칼질하는 거 못 봤어?』

내셔널 측의 촬영 팀 빌과 랄프도 그사이에 끼어서 3일 만에 맛보는 뜨거운 음식에 황홀하다는 표정이 됐다.

『스칼렛은 안 먹어?』

모닥불 건너편에 앉아 있는 민호를 멍하니 지켜보고 있던 스칼렛이 빌의 음성에 고개를 획 돌렸다.

『먹어요, 먹어.』

　뭐가 그리 재밌는지 웃음이 떠나지 않는 한국 팀의 모습은 종주를 시작하며 그녀가 기대했던 그림은 결코 아니었다.

　차라리 꼴찌였다거나, 편한 산행만 했다면 그러려니 할 수 있을 것이다. 그러나 오늘 같은 폭우 속에서도 이토록 여유를 부리며 걸어올 수 있었다니. 직접 경험해 본 지금도 실감이 잘 나지 않았다.

　스칼렛은 그것을 이룬 주역이라 할 수 있는 한 사람에게 자꾸만 시선이 갔다.

　'이럴 게 아니라 옆에 앉아서 인터뷰를 핑계로 말이라도…… 어휴, 그건 이미 점심에 써먹었어.'

『한국 팀! 한국 팀 어디 있나!』

　누군가의 굵직한 목소리가 스칼렛의 상념을 방해했다.

　고개를 돌리니 근육질의 건장한 사내가 캠프장 한가운데로 걸어 들어오는 모습이 보였다.

　'울프?'

　저녁 직전, 상위권에 속했던 두 개의 팀이 뒤늦게 도착해 야영지를 꾸리고 있었기에 캠프장 구석에 자리하고 있던 일행들을 한 번에 찾지 못한 듯 보였다.

『삼촌, 여기에요!』

스칼렛이 손을 들었다. 울프가 모습을 드러내자 황지석이
반갑다며 외쳤다.

"교관님! 저녁 식사…… 아니지. 우쥬 유 라이크 섬띵 투
이트?"

"No thanks."

울프는 단박에 다가오더니 급히 말했다.

『한국 팀 영상을 보다 보니까, 첫날에 가문비나무 숲을 지
났던데. 그곳 지리 잘 알고 있는 사람이 누구지?』

이 물음에 촬영 팀원과 정승기가 민호에게 시선을 돌렸다.
접시를 비우고 있던 민호가 울프를 보며 물었다.

『거긴 왜요, 교관님?』

『6번 팀이 길을 잘못 들어 빙빙 돌다가 그 숲으로 들어가
고립됐다는 연락이 왔어. 이곳 구조대는 현재 11번 팀에 긴
급 부상자가 생겨 그리로 이동한 터라 여긴 내가 가려고 하
거든. 차량 타고 이동할 거니까 나와 가줄 수 있겠나? 오래
걸리지는 않을 거네.』

피곤하겠지만 부탁한다는 표정에 민호는 울프의 주머니
에 들어 있을 그의 애장품을 생각하며 고민할 것도 없이 일
어섰다.

『그러죠, 뭐.』

간단한 짐을 챙긴 민호가 울프와 사라지고, 울프의 설명을 정승기의 통역을 통해 전해 들은 황지석이 혀를 찼다.

"되게 못 움직였네. 우리가 첫날에 지난 곳을 이제 서야 도로 들어가다니. 근데 6번 팀이 누구지?"

"글쎄요."

"가만. 그…… 그 치어리더팀 깃발에 6자가 쓰여 있었어!"

황지석은 그제야 '나도 가볼걸!' 하는 후회가 가득 담긴 표정이 됐다.

백컨츄리 캠프장을 나온 지프가 비포장길을 벗어나 US 411번 도로 위에 올라섰다.

가로등이 전혀 없어 어두컴컴한 도로. 그 꼬불꼬불한 그 길 위로 지프를 몰며, 울프가 입을 열었다.

『한국 팀 코스는 전부 인상적이더군.』

『벌써 촬영본을 다 보셨어요?』

『스칼렛이 내 조카잖아. 못 들었나?』

『아, 들었어요.』

민호는 외모는 전혀 닮지 않았으나 스칼렛의 그 행동력만큼은 울프와 다를 바 없다는 것을 목격했다. 야외활동이 어

쩌면 저쪽 집안의 내력이 아닌가 하는 생각에 피식 웃다가
슬쩍 물어보았다.

『울프 교관님, 그 행운의 라이터 들고 계시나요?』

『오, 아직 기억하고 있군그래.』

『다시 한 번 구경해도 되겠습니까?』

공손한 민호의 음성에 씩 웃은 울프가 주머니에서 총알구
멍이 나 있는 지포 라이터를 꺼내 건네주었다.

'대박!'

산지에서 칼 한 자루만 들고 생존할 수 있는 능력자의 애
장품을 손에 쥔 민호의 입가에는 환희가 맺혔다.

『미스터 강은 사람이 참 재밌어.』

『제가요?』

『내가 이런 서바이벌 스쿨을 차리기 전에 특수부대 군인이
었다는 얘기했었나?』

전에 애장품의 추억에서 목격했었지만, 민호는 고개를 흔
들었다.

『사선에 뛰어들어야 할 임무를 받게 되면, 믿을 건 내 등을
맡길 수 있는 동료뿐이거든. 미스터 강에게선 그런 냄새가
나. 위험을 숱하게 경험해 온 베테랑 같은. 그 단검 다루는
실력은 아무리 봐도 일품이었어.』

민호는 언어 문제 때문에 그간 늘 차고 있었던 요원의 반

지에 눈길을 흘끔 던졌다. 아마도 이것의 본능을 울프 앞에서 여러 번 발휘했기에 저런 소리를 하는 것이리라. 그러나 있는 사실을 그대로 말할 수는 없기에 대충 둘러댈 수밖에 없었다.

『한국 남자는 대부분 군에 들어가 2년간 복무를 하거든요. 훈련 잘 받고, 군 생활 열심히 해서 그런 느낌을 받으신 것 같습니다.』

『그래?』

한국군의 수준이 그 정도로 놀라울 줄이야, 하고 감탄하는 눈치의 울프에 민호는 가슴 한구석이 무척 찔려왔다. 군 생활 열심히 하긴 했다. 삽질을 주로 해서 문제지.

『하긴, 거긴 세계에서 유일하게 남은 분단국이니. 날마다 실전 같겠지.』

나름 납득하고 넘어가는 모양이기에 민호는 다시 애장품 탐방에 들어갔다.

생존기술만큼이나 각종 장비를 운전하는 데 능한 울프의 능력은 깊이 파고들면 요원의 본능보다 더욱 확연하게 군에 대한 지식을 가르쳐 줄 수 있을 것으로 보였다.

'뭐, 군대에 다시 들어가 사선을 넘나들 건 아니니까.'

민호는 떠오르는 지식 중에서 이번 종주에 도움이 될 만한 것만 기억하며, 그렇게 오랜만에 붙잡은 생존 전문가의 애장품 체험을 만끽했다.

　잠시 후, 35km를 이동해 가문비나무 숲이 보이는 도로에 지프가 정차했다.

　『도로로는 이곳이 가장 가까운 듯해. 여기서 내리지.』

　걷는 건 한참이지만 차량으론 순식간. 역으로 돌아와 보니 확연하게 느껴지는 짧은 거리감에 민호는 약간의 허탈감이 들었다.

　『무전에서 들은 좌표는 이곳이네.』

　지도를 펼쳐 한 지점을 찍은 뒤 민호에게 건네준 울프가 플래시 라이트를 켜고 숲을 비췄다.

　『찾을 수 있겠나, 미스터 강?』

　『잠시만요.』

　민호는 지도를 한번 보고, 인디언의 지식에 도움을 요청했다. 왼손이 따뜻해지며 대략적인 위치가 가늠됐다.

　『어딘지 알 것 같아요. 출발해요, 교관님.』

　『부탁하네.』

　성큼 앞장서서 걷기 시작한 민호.

　이내 나무가 빽빽이 우거진 장소에 진입하자 울프는 거기가 거기 같은 숲을 거침없이 지나는 민호를 놀란 표정으로 지켜볼 수밖에 없었다.

　축적을 재는 맵 리더 휠과 지도, 나침반만으로는 이런 지형을 극복하기가 쉽지 않다.

『새소리를 듣고 가는 건가?』

『어, 아시네요? 흰올빼미가 숲 중앙부에 많거든요. 그곳을 기준으로 방향을 가늠하면 어디가 어딘지 대충은 알 수 있어요.』

민호는 점자시계를 터치해 더 세밀하게 소리를 들으며, 인디언의 지식에 있는 이야기 하나를 꺼냈다.

『이 녀석은 작은 체구에 비해서 소리가 크고 균일해서 일정하게 퍼지거든요.』

『흰올빼미라……. 생각지도 못했군.』

숲의 적막을 깨는 야행성 맹금류의 소리를 쫓아 방향을 감지하고 움직이던 민호는 사람의 말소리가 감지되는 것을 포착하고 속도를 올렸다.

『저쪽 같아요.』

울프는 멀리 불빛이 보이는 것을 확인하고 외쳤다.

『6번 팀! 6번 팀 거기 있나!』

『어? 여기에요, 여기!』

『와, 구조대가 왔어!』

가까이 다가가 보니, 다섯의 서양 아가씨들이 서로를 꼭 끌어안은 채로 추위에 몸을 떨며 서 있었다.

'어라?'

민호는 'UNC'라는 노스캐롤라이나 주립대학을 뜻하는 깃발을 보고 저들이 대학교 치어리딩 팀이라는 사실을 깨달았다.

극기훈련차 가벼운 마음으로 참가했다던 팀. 비를 쫄딱 맞아 애처롭기까지 한 그녀들의 모습에 저절로 딱한 표정이 지어졌다. 낮 동안 쏟아진 비 때문에 주변에 마른 나무가 없어 불도 피우지 못한 듯 보였다.

울프가 치어리더들 앞에 서서 물었다.

『내셔널 촬영팀은 어디 있지?』

『도움 요청한다고 출발하셨다가 저희와 멀어졌어요.』

민호는 이 말에 점자시계의 감각이 사라지기 전, 다른 소리가 들리지 않나 다른 방향에 귀를 기울였다.

『저쪽으로 한 500m 거리에 있는 것 같네요.』

『그래? 어이! 들리나! 난 울프! 제작진 쪽에서 도움을 주기 위해 날 이곳에 보냈어!』

울프가 우렁차게 외치자 이내 그 방향에서 남자들의 목소리가 들려왔다. 내셔널 촬영팀은 비교적 전문가임에도 불구하고, 한 치 앞도 보기 힘든 숲에 갇혀 한 지역을 빙빙 돌고 있는 분위기였다.

상황 파악을 끝낸 울프가 빠르게 말했다.

『미스터 강. 이들을 안내해서 지프까지 가줘. 난 저쪽에서 촬영 팀과 접선해서 출발할 테니까.』

『괜찮으시겠어요? 차라리 제가 저쪽으로 가는 게……..』

『갑자기 나온 건데 여기서 더 수고를 끼칠 수야 없지. 걱정
마. 미스터 강만큼 이 숲을 알진 못해도, 한 번 온 길은 잊지
않아.』

울프의 믿음직한 음성이 주는 신뢰감. 민호는 고개를 끄덕
였다. 울프가 촬영팀이 있는 방향으로 사라지고, 민호는 치
어리더들을 살폈다.

『출발할까요?』

이 음성에 바들바들 떨고 있던 그녀들이 줄지어 자신의 뒤
를 따르기 시작했다.

민호는 앞서 걷다가 따라오지 못하는 인원이 있을까 약간
은 천천히 걸음을 옮겼다.

그녀들의 이동을 꼼꼼히 체크하며 15분 정도 걸었을 무렵,
어슴푸레한 빛 너머로 도로에 주차해 놓은 지프가 보였다.

『다 왔어요. 조금만 힘내요.』

민호는 도로로 가볍게 뛰어올라 줄지어 오는 그녀들의 손
을 잡아 끌어올려 주었다.

『아…… 드디어 나왔어!』

『하아, 내 생애 가장 끔찍한 3시간이었어.』

환호하고 한탄하는 그녀들 틈에서 민호는 울프가 제대로

오고 있나 확인하기 위해 점자시계를 터치해 숲의 동향에 귀를 기울여 보았다.

1km 정도의 거리에서 발자국과 숨소리가 느껴졌다. 대략 10분 정도면 도착할 것 같았기에 안심하던 민호는 시선을 돌리다 치어리더 다섯 중에 한 사람의 숨소리가 뭔가 이상하다는 것을 감지했다.

『저기, 가운데 있는 분. 혹시 어디 아프세요?』

민호가 큰 키에 풍성한 갈색 머리를 한 서양 아가씨를 부르자, 금발의 단발머리를 한 아가씨가 대신 대답했다.

『구조대원님. 얘는 밀라인데 영어를 잘 못 해요. 프랑스에서 교환학생으로 온 지 얼마 안 된 새내기라. 코트니, 통역 좀 해줘.』

"아⋯⋯."

민호는 자신이 구조대원이 아니라는 얘기부터 하려면 말이 길어질 것 같아 곧바로 불어로 바꿔 물었다.

『밀라 양. 어디 아파요?』

동양인의 유창한 프랑스어에 눈이 커진 밀라가 말했다.

『아프진 않은데, 여기가 조금 불편해요.』

옆구리를 쓰다듬는 밀라. 그녀가 두꺼운 야외활동복을 입고 있었기에 제대로 알 수가 없어, 민호는 일단 등에 메고 있던 백팩에서 최임혁의 응급의학서를 꺼냈다.

'창백한 안색, 거친 호흡, 추위에 떠는 거에 비해 열이 이상하다 싶을 정도로 심한데.'

『실례해요.』

민호가 양해를 구하고 밀라의 이마에 가볍게 손등을 댔다. 불덩이처럼 느껴지는 열기에 민호는 혹시나 해서 물었다.

『그 옆구리 크게 부딪혔어요?』

『맞아요, 돌바닥이 미끄러워서. 그래도 여기가 크게 아픈 건…….』

옆구리를 쓰다듬던 밀라는 민호의 말에 무의식적으로 손가락을 쿡 찔러 보았다.

『까악!』

바로 터져 나오는 신음. 그녀의 비명에 다른 치어리더 모두 놀라서 고개를 돌렸다.

『갑자기 왜 이렇게 아프지?』

밀라의 중얼거림. 민호는 상황 파악이 끝났기에 바로 증상을 정리해 말해 주었다.

『피멍이 크게 들었을 거예요. 긴장한 데다 추위에 떨어서 그게 늦게 온 거고. 열상이 생긴 건 아닌지 확인해 보세요. 찢어졌으면 소독이 급하니까.』

『코트니, 저 구조대원님이 뭐라는 거야?』

『기다려 봐, 토랜스. 너무 많이 얘기해서…….』

금발의 백인 아가씨 토랜스와 흑발의 히스패닉계 아가씨 코트니가 나눈 대화에 민호는 똑같은 얘기를 영어로 다시 해 주었다.

　『밀라! 다쳤으면 바로바로 이야기했어야지!』

　설명을 듣고 난 토랜스가 놀라서 밀라의 재킷을 벗겼다. 그리고 티셔츠를 위로 제치자 피멍이 넓게 나 있는 상처 부위가 모습을 드러냈다.

　'역시나. 열상은 다행히 크지 않네.'

　연고 정도로 커버될 상처. 하지만 세균이 들어가 그것과 싸우는 반응 때문에 열은 심해 보였다.

　민호는 지프의 트렁크에 갖춰진 응급키트를 꺼냈다. 그리고 안에서 소독약과 거즈, 핀셋을 찾아 그녀들에게 내밀었다.

　『자요, 이걸로…….』

　당연히 알아서 소독하라는 뜻이었건만, 밀라는 상의를 훌렁 올리고 오히려 옆구리를 들이댔다.

　『부탁해요, 구조대원님.』

　『아, 그게요.』

　구조대원이 아니라는 말을 하려던 민호는 그 와중에 브래지어 한쪽이 전부 드러나 풍만한 가슴이 눈에 보였기에 당황에 빠졌다.

『잘 안 보이시나요?』

『아니요, 아니요!』

밀라가 상의를 더욱 걷어 올리려 들자 민호는 얼른 그녀의 팔을 붙잡았다.

『아무것도 몰라서. 구조대원님이 치료해 주시면 안 될까요?』

소독이 어려운 일은 아니나, 이렇게까지 부탁하는데 어쩔 수가 없었다.

핀셋으로 거즈를 집고, 소독약을 뿌린 뒤에 손마디만큼 찢어진 상처에 댔다. 밀라가 짧게 비명을 흘리자 옆에 서 있던 토랜스가 그녀의 손을 꼭 붙잡으며 안타깝다는 듯 발을 동동 굴렀다.

『다 됐어요.』

그새 밀라의 티셔츠는 더욱 말려 올라가 이제는 아예 가슴 브래지어가 전부 드러났다. 민호는 어두워서 천만다행이라 안도하며 말했다.

『여기, 광범위 연고는 직접 바르는 것이…….』

『부탁해요.』

식은땀을 흘리며 애처로운 표정을 짓고 있는 밀라는 간절한 얼굴로 민호와 시선을 마주했다. 토랜스와 코트니도 그녀의 양옆에 서서 '구조대원님, 꼭 해주실 거죠?'라는 눈길로 민호를 보았다.

'크음. 좋은 일 하는 거야. 민호야, 진정하자.'

출렁이는 가슴이 아주 얇은 속옷으로 가려져 불쑥 튀어나와 있는 아찔한 광경 속에서, 민호는 조심스레 연고를 펴 발랐다.

손끝이 멍든 부위에 닿을 때마다 반응해 출렁이는 가슴. 마치 해변에서 비키니 미녀의 등에 선탠을 발라주는 것 같은 기분이 드는 건 착각이리라.

"동해물과 백두산이……."

민호가 가진 남자의 본능이 계속해서 용솟음쳤다.

아직 연고를 펴 바를 곳은 한참 남아 있는 상황이기에 민호는 나직한 목소리로 계속 애국가를 불렀다. 이보다 슬플수는 없다는 듯 아주 애절하게. 그러나 어림 반푼어치도 없었다. 폭풍 속에서 촛불 하나를 켜고 그것이 꺼지지 않길 바라는 마음이 이것일까?

움찔, 출렁~

'이걸 대체 어찌한단 말이오!'

비주얼만으로도 감당하기 힘들건만, 밀라가 그와 동시에 『으음~』하는 신음까지 흘렀다.

"우리는 국가와 국민에 충성을 다하는……."

복무신조로도 커버할 수 없는 지경에 이르렀다. 민호는 최후의 수단을 썼다.

"나 실제 괴로움 다 잊으시고~"

경건한 심정으로 '어머니 마음'을 부른 끝에, 겨우 연고 바르기를 끝마쳤다.

부우웅—

지프가 백컨츄리 캠프장 앞에 도착했다. 뒷문에서 우르르 내리는 UNC팀, 다섯 아가씨의 등장에 대기 중이던 내셔널 측의 카메라가 촬영을 시작했다.

팀의 리더인 토랜스가 고개를 꾸벅 숙인 뒤에 말했다.

『저희 노스캐롤라이나 주립대학 치어리더 팀, 오늘부로 종주를 포기하게 됐습니다. 비록 순위는 꼴찌지만, 체력 회복해서 대회 끝나는 날까지 최대한 걸어 보겠습니다.』

혹독한 자연을 그대로 마주한 채 200km를 걷는 일. 비록 탈락이라는 결과를 냈지만, 초심자로서 참가한 그녀들의 도전 정신에 박수를 보내기 위해 캠프장의 입구로 사람들이 모여들었다. 그중에는 먼저 와 있었던 상위권 세 개의 팀원들도 있었다.

'맨 앤 정글'팀, '퍼시픽 트레일'팀, '애틀란타 풋볼'팀의 참가자들이 손뼉을 쳐주는 훈훈한 광경은, 한국의 NBS 방송국 카메라에도 고스란히 담겼다.

조수석에서 문을 열고 나온 민호는 사람들이 뜻밖에 많이 모여 있자 놀란 표정을 지었다.

"민호 씨, 고생했어."

황지석이 민호에게 엄지를 치켜 보였다.

"그냥 안내만 하고 왔는걸요."

"그렇게 안내할 수 있는 지식이 있는 게 어디야. 저런 쭉 쭉 빵빵 미녀들과 함께 있었다니. 나는 그냥 막 샘난다, 민호 씨가."

민호는 황지석의 부러움이 섞인 음성에 아까 보았던 밀라의 풍만한 가슴이 머릿속에 두둥실 떠올라 남몰래 신음을 삼켰다. 얼른 고개를 휘저어 심장에 좋지 않은 상상을 날려 보냈다.

『미스터 강.』

그렇게 일행들과 야영장소로 돌아가려는 민호를 부르는 목소리가 있었다. 고개를 돌린 민호에게 갈색 머리의 참하게 생긴 아가씨가 갑자기 다가와 뺨에 쪽, 입을 맞췄다.

『고마웠어요. 구조대원도 아니신데 그렇게 잘 도와주시다니.』

『아……. 옆구리는 괜찮아요?』

『덕분에요.』

밀라가 빙긋 웃었다.

"Thank you! Mr. kang!

"You're nice guy."

그렇게 끝나는가 싶더니, 토랜스와 코트니를 비롯해 치어리더팀 전원이 민호에게 다가와 뺨에 입을 맞춰주기 시작했다.

"뭐야, 민호 씨. 뭘 어떻게 한 거야!"

"미, 미국의 일상적인 인사 아니겠어요?"

"나도 인사받고 싶다고!"

옆에서 구경하던 황지석은 너무너무 부럽다는 눈초리로 입맛을 다셨다.

민호가 졸지에 다섯 아가씨의 감사인사를 받는 훈훈한 장면 역시도 NBS의 카메라에 고스란히 담겼다.

88.
그레이트 서바이버 (8)

〈Day 4〉1차 보급 포인트 백컨츄리 캠프, 50km.

"오늘의 목표는 릴렉스 워킹! 그냥 발길 닿는 데로 가는 거야!"

네 번째 리더가 된 황지석의 외침과 함께 시작된 여정. 어제 하루 동안 이어진 비도 그쳤고, 하늘은 다시 푸름을 회복했다.

맑아진 날씨만큼 이동하는 지대도 평탄했기에 일행들은 길을 걸으며 그동안 보지 못했던 것들을 실컷 구경하며 움직이게 됐다.

1,000종에 이르는 관목, 530여 종의 이끼, 2,000여 종의 버섯이 풍요로운 서식지를 이루고 있는 산맥의 길은 어딜 가

도 새로움과 신비함뿐이었다.

산의 고원지대를 따라 나무와 식물을 구경하며 관광하듯 이동하는 시간 동안 일행들의 웃음은 끊이지 않았다.

그렇게 20km를 전진한 넷째 날의 끝에, 일행은 '검은 새 계곡'이라는 지명이 붙어 있는 장소 앞에 도달했다.

"여긴 뭐야, 좀 으스스한걸?"

황지석의 중얼거림에 민호의 시선이 전방의 계곡을 향했다. 기괴하게 솟은 절벽의 그림자가 덤불과 참나무 위에 어둑하게 드리워진 곳.

왼쪽의 손등이 따뜻해지며, 그림 기호가 아닌 실제 경험한 추억 하나가 계곡의 풍경을 타고 민호의 눈에 겹쳐 보였다.

고향에서 쫓겨나 대규모 강제 이주를 하던 체로키 부족. 그중에는 이 부근을 지나다 백인들에게 반기를 들고 뛰쳐나온 500여 명의 인디언이 있었다.

'천둥 화살'은 추장의 명령을 따라 그들을 말렸으나, 그들은 전혀 듣질 않았다.

미국 기병대의 습격, 전투 끝에 이어진 학살. 500 인디언의 유해가 저 계곡 쓰러져 피를 뿌렸다.

'천둥 화살'은 무릎을 꿇고 슬퍼하며 눈물지었다.

─나는 지치고, 내 가슴은 쓰라리고 슬프니, 이제 태양이 비추는 곳에서는 영원히 싸우지 않으리.

그 아픔이 민호에게도 절절히 전해졌기에 똑같이 슬퍼할 수밖에 없었다. 추억의 장면은 사라지고, 이제는 모두가 잊어버린 무덤이 된 한적한 계곡의 풍경이 다시 민호의 시야에 되돌아왔다.

『음, 여기 사연이 좀 있는 계곡 같습니다.』

정승기가 카메라 앞으로 나서며 말했다. 가방 속에서 '애팔래치아 트레일의 지질학적 역사'라는 굵은 책 한 권을 빼든 정승기가 책의 한 대목을 짚었다.

『미 기병대가 이곳을 지나다 인디언 2천 명의 습격을 받아 치열한 전투를 치렀나 봅니다. 넬슨 마일로 장군이 바로 저 절벽에서 매복작전을 통해 그들을 무찔렀다고.』

민호는 이 말에 발끈할 수밖에 없었다. 완전히 반대되는 내용이 사실처럼 적혀 있었다.

『제가 들은 내용은 좀 다르던데요?』

『……뭐라고요?』

정승기가 책에 나와 있는 얘기를 부정하는 민호에게 되물었다.

『이거 미국의 역사학자가 쓴 책입니다.』

『맞아요.』

그런데 무슨 소리냐는 정승기의 눈길에 민호는 카메라를 보며 말했다.

『하지만 인디언 쪽의 역사학자가 썼다면 전혀 다른 내용이 쓰였겠죠. 기록된 역사란 게 그런 거니까. 이건 제가 인디언 친구에게 들은 이야기입니다.』

정말 마지막으로 인디언 청년을 팔아먹으며, 민호는 추억 속의 장면을 그대로 이야기하기 시작했다. 인디언의 무덤을 발견해서 경험했던 '눈물의 길', 추방의 역사까지 더해서.

실제 지형을 눈앞에 두고 짧지만 빠져들 수밖에 없는 사연들이 민호의 입을 통해 하나하나 흘러나왔다. 마치 성우가 나레이션을 해주는 것 마냥 실감 나고 가슴에 스며드는 일화들. 그것을 찍고 있던 내셔널 측 촬영기사 빌은 저절로 경청하게 됐다.

『그는 이런 말을 했어요. 이제 태양이 비추는 곳에서는 영원히 싸우지 않겠다고.』

민호의 이야기가 끝나자 정승기는 말문이 막힐 수밖에 없었다. 이렇게 디테일하고 생동감 넘치는 이야기에 비하면, 이 책에 나와 있는 정보는 날조된 역사에 가까웠다.

『그건…… 인정할 수밖에 없네요.』

정승기는 이쯤 되면 다시 70km를 돌아가더라도 체로키 기념품 가게에 있던 그 인디언 청년을 만나봤으면 싶었다. 기껏 들고 온 정보서가 무용지물이라는 생각이 들자 오늘 밤 불쏘시개로 확정해야겠다고도 다짐했다.

"무슨 얘기들이야. 우리도 좀 듣자."

한국어로 다시 민호가 이야기하자, 황지석은 감동적이라며 눈물까지 글썽였다.

"어, 민호 씨. 그러면 우리 인디언 공동묘지에 캠프 차리는 거야?"

"그렇긴 하지만, 백오십 년이 넘었으니 다들 흙으로 돌아갔을 거예요."

"슬프긴 한데, 묘하게 무섭네."

민호는 계곡 쪽을 바라보았다. 비석표시가 가득한 그림 기호가 보이는 장소.

'별일 있겠어?'

〈Day 5〉 검은 새 계곡, 70km.

"으어억!"

누군가의 불길한 비명과 함께 시작된 아침. 민호는 침낭에서 고개를 내밀었다가 사색이 되어 앉아 있는 심광석을 발견하고 깜짝 놀라 상체를 일으켰다.

"왜 그러세요?"

심광석은 이마에 가득한 식은땀을 훔치며 대답했다.

"어휴. 민호 아우, 놀랐지? 꿈이 너무 진짜 같아서. 이런 악몽을 얼마 만에 꾼 건지 모르겠네."

먼저 일어나 앉아 있었던 황지석이 이 소리에 눈이 커져서 고개를 돌렸다.

"혀, 형님도요?"

"지석 아우도?"

"네에! 인디언처럼 생긴 귀신이 막 쫓아오는데 빨리 깼으면 하고 죽도록 빌었다니까요."

한소유가 비척비척 침낭을 두른 채 상체를 일으켰다. 동시에 정승기도 몸을 일으켰다.

"소유 씨 일어났네. 근데 표정이 왜 그래? 어라? 승기 씨도 몸이 안 좋아 보여."

"진짜 이상한 꿈을 꿨어요."

"저도 잠을 계속 설치는 바람에⋯⋯."

마지막에 잠을 깬 두 사람까지 꿈자리가 뒤숭숭, 제대로 못 잤음을 밝히자 야영지에는 일순 섬뜩한 냉기가 감돌았다.

황지석은 이 기묘한 우연의 일치에 끔찍하다는 표정을 지었다.

"설마, 인디언 공동묘지 앞에서 야영해서? 와, 소름 끼쳐. 귀신들린 땅 아니야?"

"지석 아우. 내 생각에는 여기 수맥이 좀 안 좋은 거 같은데. 나 예전에 살던 집도 그래서 이사했거든."

"저는 강민호 씨의 인상적인 이야기 때문에 단체 암시 효과 같은 것에 걸렸다고 생각됩니다."

일행은 저마다의 비과학적인 지식을 뽐내며 체로키족의 아픈 사연이 얽혀 있는 '검은 새 계곡'에 두려운 눈길을 던질 수밖에 없었다.

'……희한하네. 왜 나만 잘 잤지? 취화정 덕분인가?'

민호는 다들 악몽을 꿨는데 자신만 멀쩡한 것이 오히려 이 상하다고 고민하다 왼손에 시선이 머물렀다. '천둥 화살'의 축복이 의식하지도 못했는데 은은하게 빛을 내고 있었다.

'밤새 지켜준 거였어요?'

따뜻한 기운이 전해졌다. 축복의 기호 덕분에 편하게 잤음을 깨달은 민호는 고마움에 고개 숙여 작게 인사한 뒤 다시 계곡 쪽으로 눈을 돌렸다.

체로키 부족의 500인이 잠들어 있는 대지.

계곡 위로 그려지는 무덤의 비석 같은 인디언 기호는 이곳이 억울하게 죽은 뒤 시체까지 버려진, 길을 잃은 영혼이 가득한 장소를 뜻했다.

이런 지대는 슬픔의 기운이 강하게 감돌기에 잠을 자기에는 적합하지 않다는 인디언 부족의 주술적인 정보는, 상식적으로는 이해할 수 없었으나 그것을 직접 겪은 동료들을 목격하고 보니 그냥 인정하게 됐다.

'영혼이니 귀신이니. 옛날에 사셨던 분들은 이걸 전부 믿

었던 것 같단 말이야.'

민호는 일어나서 침낭을 정리하다 반대편에서 취침을 끝내고 일어난 스칼렛 일행을 보았다. 저들도 그다지 잠을 개운하게 잔 것 같진 않았다.

'오늘은 자연 구경보다 서둘러 통과하는 것에 중점을 둬야겠어.'

여기서 최대한 멀어지지 않으면 오늘 밤에도 똑같이 악몽을 꿀 수 있으니까.

4시간 뒤.

'맨 앤 정글' 팀은 아침의 충격을 뒤로 한 채 계곡의 산길을 올랐다.

울창한 산림지대에 자리한 이번 코스는 지금까지와는 분위기가 사뭇 달랐다. 가파르고, 덥고, 끝이 없어 보이는 경사로에 이따금 까마귀의 울음소리까지 들려와 스산하기 이를 데 없는 기분이 드는 숲.

그 때문에 일행은 이 지역을 빨리 벗어나길 희망하는 마음을, 4시간여 동안 말없이 속도를 높여 걷는 것으로 소리 없이 외치는 중이었다.

빠른 속도의 중심에는 숲을 가로지르는 지름길을 언제나처럼 귀신같이 찾아낸 민호가 있었다.

그러나 걷는 것에 열중하던 일행들 사이에서 아까부터 신음이 터져 나오고 있었다. 5일 동안 하루도 쉬지 않고 걸으며 누적된 여행의 피로감이 부족했던 잠과 맞물려 한꺼번에 말썽을 일으킨 것이다.

'음......'

민호는 앞서거니 뒤서거니 함께 걷던 일행을 하나하나 살펴보았다.

발에 온통 물집이 잡혀 한걸음마다 고통에 찬 호흡을 내뱉는 한소유. 근육과 뼈가 욱신욱신 쑤셔온다는 황지석. 그런 그를 부축하며 걷다가 가지에 살이 쓸려나가 쓰라림을 느끼고 있는 정승기. 내셔널 측의 촬영기사들도 걷는 내내 안색이 좋지 않은 것이 부족한 잠으로 인한 피로감을 호소해 왔다.

자신만 몸이 전혀 안 아픈 것을 좋아해야 할지 말아야 할지. 괜스레 일행에게 미안해진 민호는 가장 큰 문제를 보이는 심광석에게 고개를 돌렸다.

"형님, 발 많이 아프세요?"

"물집이 약간 잡혔나 봐."

자신이 부축하며 걷고 있음에도 페이스가 점점 느려지고 있었다. 체력적인 문제와 더불어 오른발을 자꾸 저는 것이 간단치 않은 괴로움이 있어 보였다.

"걱정하지 마. 버틸 만해, 민호 아우."

사람 좋은 웃음을 지으며, 일행의 여정을 방해하기 싫다는 듯 아픈 기색을 숨기는 심광석.

'이대로는 안 되겠어.'

이 지역을 빠르게 지나겠다는 조급한 마음에 최적의 길을 쫓아 무작정 걷기만 한 민호였다. 그러나 밤에 이 지역에서 야영하는 한이 있더라도 부상이 심해지는 것은 막는 편이 옳았다. 몸이 아픈 것보단 정신적으로 고통받는 것이 차라리 나을지 모른다는 생각에 민호는 걸음을 멈췄다.

"저기, 소유 씨."

선두에서 걷던 오늘의 리더 한소유를 부르자 그녀가 고개를 돌렸다.

"여기서 미리 점심 먹고 가요. 앞으로도 한참 올라가야 하니."

"그럴까요?"

"마침 적당히 넓은 공터도 있고."

길에 관한 것이라면 이제는 민호의 말에 절대적인 신뢰를 갖고 있기에 한소유는 고개를 끄덕였다.

"30분 쉬었다 갈게요! 각자 편한 곳에 앉아서 식사하세요."

"조금만 더 오래요."

"더 오래요?"

이유를 묻는 한소유의 눈길에 민호가 바로 대답했다.

"아픈 사람들 응급처치는 확실히 하고 움직여야 할 것 같아요."

"그럼 일단 1시간 정도 쉬어요."

민호는 즉시 심광석을 자리에 앉혔다. 그리고 가방에서 응급키트와 최임혁의 의학서를 꺼냈다.

뭔가를 준비하는 듯한 민호의 행동에 촬영 순번인 스칼렛이 카메라를 들고 다가왔다.

"형님, 신발 벗어 보세요."

"괜찮대도……."

"참으면 더 심해져요."

심광석의 트래킹 화를 단번에 벗겨낸 민호는 양말 끝에 보이는 핏자국에 대략적인 상황을 파악했다. 경험이 풍부한 도보여행자가 아니기에 장기간의 걸음에 대한 부작용이 찾아온 것이다.

양말까지 벗겨내자 갈라져 피가 배어 나오는 엄지발톱이 드러났다. 민호는 소독약을 뿌려 굳은 피를 닦아냈다.

"상태가 생각보다 심각하네요."

"크읏."

신음을 흘린 심광석이 말했다.

"버틸 만하니까, 붕대만 감아줘."

"오늘만 걷고 탈락하시려고요? 지금은 이를 악무는 것만으로 괜찮을지 몰라도, 1시간 뒤에는 퉁퉁 부어서 한걸음 내디딜 때마다 비명이 나올 테죠. 그렇게 되면 버티고 말고의 문제가 아니에요."

그사이 가방을 내려놓은 일행들이 심광석의 주위로 모여들었다.

"어우야, 형님! 그러고 걸어오셨어요? 아으, 보기만 해도 아프네. 이거 하 PD한테 무전 때려야 하는 거 아니야?"

황지석이 혀를 차자 심광석은 씁쓸히 웃었다.

"민호 아우, 어떻게 안 될까? 5일 만에 포기하면 한국 가서 우리 애 보기도 미안한데."

민호는 핀셋을 들어 올리고 심광석을 보았다.

"광석 형님."

"응?"

"끝까지 같이 완주해야죠, 무슨 소리에요. 다음 보급지점에서 소시지 파스타는 누가 만들라고."

부드럽게 미소를 지은 민호는 정승기에게 눈짓을 해보였다. 정승기는 민호가 무슨 응급처치를 하려는지 깨닫고 속으로 고개를 흔들면서도 심광석의 옆에 바짝 붙었다.

"나야 그러고 싶지. 그래도 가는 길에 방해되면……."

"죄송해요."

"......응?"

갈라지고 깨져 흔들거리는 심광석의 엄지발톱을 핀셋으로 집은 민호가 번개처럼 그것을 잡아챘다.

"흡—!"

지독한 고통에 발작적으로 신음하는 심광석의 어깨를 굳건하게 붙잡는 정승기.

"크으으......"

단번에 엄지발톱을 떼어내 버린 민호는 그 위에 반창고를 대고 테이프를 감았다.

"괜찮으세요? 어차피 저녁 되면 발톱이 떨어져 나갔을 거예요."

"어후. 깜짝 놀랐어, 민호 아우."

"아픈 거는요?"

심광석은 엄지발가락을 꼼지락거려 보았다. 상처의 틈을 계속해서 누르던 원흉이 사라지자 비록 보기는 흉했어도 욱신거림이 많이 가셨다.

"신기하네."

"발톱은 다시 자랄 테니까 너무 상심하지 마세요. 그리고 이렇게 치료해서 죄송해요."

"아냐, 아냐. 민호 아우가 왜 미안해해. 뭔가 열심히 걸었다는 훈장 같아서 오히려 뿌듯해."

응급처치를 받은 심광석은 후련하다는 표정이 됐다. 민호
는 응급키트를 손에 들고 일어나 이번에는 한소유를 바라보
았다.

"소유 씨."

"네?"

"이거 점심 먹으면서 발에 발라 두세요. 30분만 쉬어도 걸
을 만할 거예요."

스카겔 흉터치료용 연고와 특수 반창고. 본래는 화상치료
제지만 물집에 탁월한 효과가 있다는 최임혁의 지식이 민호
의 머리를 스쳤다.

"아, 고마워요. 민호 씨는 저보다 한참 동생인데도 의지가
된다니까요."

한소유가 눈웃음을 지으며 자리에 앉았다.

정승기는 물집에 왜 그런 연고를 바르냐는 듯한 물음이 목
끝에 걸렸으나 의학지식에는 상대가 안 되는 것을 알기에 입
밖으로 내진 않았다. 여기선 뻔히 발릴 게 분명하다. 그러다
민호와 눈이 마주쳤다.

"승기 씨도 그 상처를……."

민호가 바로 긁힌 상처에 바르는 연고를 꺼내자 정승기가
서둘러 말했다.

"이건 제가 알아서 치료하겠습니다. 응급키트 민호 씨만

챙겨온 것도 아니고."

"그러시겠어요?"

동료를 정성스럽게 보살피는 민호의 모습은 이미 카메라에 담겼다. '하여튼, 일분일초도 가만 안 있어' 하고 작게 중얼거린 정승기도 자리에 앉아 상처를 관리하기 시작했다.

"민호 씨, 나는? 나도 다리 근육통으로 죽겠어. 등도 너무 아파."

황지석이 민호의 옆으로 바짝 다가왔다. 등 쪽에 무거운 가방을 메고 이동하느라 맺혀 있는 피멍은 일행 모두 공통으로 가진 고질적인 부상이었다.

민호는 진통제 한 알을 내밀며 말했다.

"지석 형님은 가만히 쉬면서 다리 근육 주물러서 푸시는 수밖에 없어요. 걷는 부위의 근육만 아픈 건 체력 때문이거든요. 오늘같이 잠을 설쳐서 컨디션 떨어진 날은 호흡 크게 크게. 말은 적당히 하시고요."

"정리하자면 난 입도 뻥끗하지 말고 가만히 있으라 이거네."

"아…… 뭐."

"롸저!"

황지석이 진통제를 꿀꺽 삼킨 뒤 검지와 엄지를 붙여 입의 지퍼를 닫는 시늉을 해보였다.

그렇게 일행의 부상에 대해 대략적인 처치를 끝낸 민호는 자신들을 계속해서 촬영 중인 스칼렛에게 시선이 머물렀다. 시선이 닿은 그녀가 미소를 지으면서 손가락으로 'OK'를 그려 보였다.

『뭐가 'OK'예요?』

『카메라에 담긴 그림이 좋다고요. 미스터 강은 이런 여행을 함께하기에 최적화된 기술을 많이 갖고 있는 것 같아요. 젊은 나이에 어떻게 그런 숙련된 기술을 익혔는지 궁금하네요.』

『그거야 뭐…… 크흠, 식사부터 할까요?』

가방에서 '트레일 믹스'라는 견과류와 말린 과일이 담긴 봉지를 꺼낸 민호가 자리에 앉자 스칼렛도 먹을 것을 꺼내 자연스레 옆에 앉았다.

빌과 랄프도 심광석의 옆에 앉아 그를 응원하며 초콜릿 바를 뜯었다. 5일째 함께 움직이며 고생하다 보니 서로가 익숙해진 까닭에 가까이 앉아 친구처럼 식사하는 건 일상적인 일이 됐다.

10분 동안 이어진 식사시간.

크게 잘려나간 오래된 고목의 그루터기에 앉아 있던 민호는 봉지 안의 캐슈넛을 마저 입에 털어 넣고 스칼렛을 보았다.

언제 식사를 끝낸 건지 다시 카메라를 손에 쥐려는 모양.

'스칼렛이 카메라를 들면 어째 나만 많이 찍는 느낌이야. 길 좀 안다고 너무 앞에서 설쳐댔나?'

리얼 다큐에서 일거수일투족을 촬영 당한다는 것은 긍정적인 측면도 있으나, 언제나 표정과 얼굴을 관리해야 한다는 부담감도 있었다. 게다가 그녀가 아까 언급한 '최적의 기술'이란 건 자꾸 추궁당하면 귀찮아진다.

어떻게 하면 스칼렛의 호기심을 피해 남은 여정에 편히 임할까를 고민하던 민호는 그녀가 살짝 몸을 떠는 장면을 목격했다.

'응?'

안색이 어째 창백하다는 생각이 들었다. 아직 최임혁의 애장품을 지니고 있기에 직감적으로 몸에 문제가 있지 않을까 생각해 본 민호는 점자시계를 터치했다.

'어디보자.'

감각을 키워 그녀의 몸에서 들리는 소리를 자세히 살펴보니 큰 위험은 아니었다. 카메라를 들어 올린 스칼렛에게 민호가 바로 말했다.

『옷 좀 더 입어야겠어요, 스칼렛.』

『옷?』

거친 산행에 더웠는지 얇은 티셔츠만 입고 있던 스칼렛

이 고개를 숙였다. 봉긋 솟아오른 가슴의 굴곡을 확인하는 그녀.

『저는 이 활동복 차림이 편한걸요.』

스칼렛은 도발적인 눈빛으로 민호를 보았다.

『왜요, 제 가슴이 부담스러워요? 작아서? 커서?』

『아, 아니, 그런 의미는 아니고.』

『하! 딱 걸렸어요.』

어쨌든 의식한 거 아니냐는 눈길의 스칼렛. 민호는 서양인의 개방적인 사고방식에 도무지 적응이 안 됨을 느끼며 얼른 말을 덧붙였다.

『사람의 몸이란 건 급격히 식으면 온도변화에 적응하기 위해 열을 발산하거든요. 체력소모가 심하죠. 그리고 근육이 수축하면서 점점 심하게 몸을 떨면 이런 산에서는 저체온증에 걸릴 위험이 크잖아요.』

스칼렛은 이 말에 실망하는 눈치를 보이며 수긍했다.

『저체온증은 잘 알아요. 남극 촬영 따라갔을 때 혹독하게 경험한걸요.』

『어제 잠을 잘 못 잤으니까, 오늘은 조심해서 움직여야 몸 상태가 회복되죠. 제 말은 그냥 선의의 조언이라 생각하세요.』

『절 걱정해 주는 건가요?』

『그럼요. 촬영 팀의 기둥인데.』

민호는 이번에는 당황하지 않고 담담한 톤으로 대답했다. 스칼렛은 알았다는 듯 고개를 끄덕이며 카메라를 들어 올렸다.

『또 인터뷰해요?』

『싫어요?』

새침해진 스칼렛의 반문에 민호는 고개를 흔들었다.

『미스터 강. 이 지역에서 길은 어떤 방식으로 찾는다고 했었죠?』

출발할 때 말했던 것을 카메라 앞에서 다시 얘기해 달라는 요청. 민호는 오는 내내 간헐적으로 들어온 까마귀 울음소리에 관해 이야기했다.

『……저렇게 푸른 광택이 있는 떼까마귀는 평야에서 무리를 짓고 살거든요. 이 계곡 너머에 넓은 평원이 있을 테니, 그곳으로 방향을 잡은 거죠.』

설명을 끝낸 민호는 걸터앉은 그루터기에 손을 집고 몸을 뒤로 살짝 기댔다.

그 순간, 고목의 잘려나간 단면에 있는 나이테의 한 부분에 민호의 손끝이 닿았다.

'어?'

갑자기 왼쪽 손등이 따뜻해지더니 그것이 손끝까지 전해

지며, 과거의 추억 하나가 민호의 시야에 겹쳐 보였다.

달려오는 기병과 도망치는 인디언.

기병이 손에 든 총의 총구가 인디언의 등을 향하고, '타앙!' 하는 굉음을 내며 불꽃을 뿜었다.

움찔 놀란 민호는 스칼렛이 바로 그 인디언이 죽은 장소 위에 서 있는 것을 보고 신음을 삼켰다.

『바람이 불어서 그런가? 서늘하네.』

스칼렛이 으슬으슬한지 한쪽 손으로 팔을 비비는 모습.

그 아래에 처절한 죽음을 맞이하는 인디언이 겹쳐졌다.

쓰러진 채 손을 위로 뻗은 환영이 마치 스칼렛의 발목을 붙잡고 있는 듯했기에 민호는 공포영화 속 한 장면을 보고 있는 듯한 착각까지 일었다.

'헐……. 귀신도 아니고, 저게 대체 뭐래?'

그녀가 아파 보인던 최임혁의 감은 틀렸다. 이건, 상식적으로 설명할 수 없는 이 지역만의 기묘한 현상에 기반을 둔 증상에 가까웠다. 사람이 귀신에 씐다는 말을 있는 그대로 보게 된다면 저런 느낌일까?

민호는 볼 것도 없이 자리에서 일어나 스칼렛의 팔을 붙잡았다. 훅 당겨진 그녀가 놀란 표정으로 민호를 올려다보았다.

오해하든 말든 일단 인디언이 죽어 있는 장소와 멀어지겐 만들었으나 뒷수습은 해야겠기에 민호는 유들유들한 반지의 감성을 빌렸다.

『진짜 부담스러워서 안 되겠네요. 추우면 가서 재킷 걸쳐요. 한국 남자는 예쁜 여자가 자꾸 옆에서 그러고 다니면 오해한다고요.』

『아하, 아까 이 가슴을 훔쳐본 게 단순히 오해였다?』

『잘잘못을 따지자는 건 아닙니다. 크흠, 흠!』

스칼렛이 피식 웃으며 그녀의 가방을 향해 걸어갔다.

휴, 하고 한숨을 내쉰 민호. 고목의 나이테에 손을 대자 보였던 환영은 지금은 사라져서 보이지 않았다.

'어떻게 된 거지?'

왼쪽 손등으로부터 뒤늦게 전해진 지식이 그것을 설명해 주었다.

방금 목격한 광경은 이 고목에 스며들어 있는, 죽은 인디언의 영혼에 관한 신령한 반응이라고 봐야 했다. 보통 사람은 볼 수도 없고 느낄 수도 없는. '천둥 화살'의 축복과 함께하고 있기에 자신이 그것을 목격한 것일 뿐.

해가 지날 때마다 한 겹, 한 겹 나무가 옷을 덧입는 것이 나이테임을 생각해 보면, 자신이 건드렸던 그 부분이 바로 학살이 벌어졌던 시기의 나무껍질이라는 사실까지 어느 정도는 유추할 수 있었다.

『미스터 강.』

재킷을 걸치고 온 스칼렛이 카메라를 들어 올리며 말했다.

『마지막으로, 이 지역이 불길하다는 다른 일행의 의견에 대해서는 어떻게 생각하세요?』

『그건 그냥…….』

하필이면 이런 질문이라니. 민호는 고민하다 답했다.

『한국에서는 '풍수지리'라고 좋은 지형을 따져서 묘나 집을 짓는 풍습이 있거든요. 이곳이 좋지 않은 지형 같다는 동료들의 의견은 그런 의미에서 나온 말 같아요.』

누군가 죽은 자리를 밟고 있다가 추위를 느낀 스칼렛. 그것을 언급하며 인디언 주술 상식이 어쩌고 하는 말을 했다가는 정신 나간 취급을 받을 수 있기에 민호는 적당히 얼버무렸다.

긴 점심시간이 끝나고 이어진 산행에서 일행의 발걸음은 점차 안정을 찾아갔다.

2시간가량 걸어 정상을 넘어서자 눈앞에 펼쳐진 광경은 언제 불길한 산길을 걸었냐는 듯 모두의 입에서 탄성이 나오게 했다.

맑은 하늘 아래 펼쳐진 푸른 물길. 검은 새 계곡에서 흘러내린 폭포수가 물보라를 일으키며 평원 저편으로 흩어져 제

각각 물줄기를 만들어 내고 있었다.

호수와 숲길이 어우러진 일대의 경이로운 풍경에 넋이 나가 있는 일행들.

그때, 저 먼 숲에서 수백 마리의 검은 새가 높이 날아올랐다.

"까마귀다!"

원을 그리며 하늘을 빙글빙글 돌다가 미끄러지듯 호수 방향으로 날아가는 떼까마귀의 비행은 일행 모두의 입을 떡 벌어지게 했다.

"와, 이 코스 풍경 죽이는데."

올라오는 내내 엄살과 두려움에 떨었던 황지석의 음성에 심광석이 어련하시겠어 하는 눈길을 보냈다.

일행 모두 오늘 처음으로 기분 좋은 웃음을 터뜨리는 모습, 그것을 흡족하게 지켜보는 민호의 얼굴이 내셔널 촬영팀의 카메라에 담겼다.

오후 4시.

종주를 시작한 뒤 가장 적은 12km를 걷고, 오늘의 일정이 종료됐다. 부상이 악화될 위험도 있고, 쉬는 것이 좋겠다는 판단에서였다.

호수 근처에 야영지를 택한 일행들이 준비하는 동안, 민호는 주변 탐방을 가기 위해 간략히 짐을 챙겼다.

한소유가 민호를 보며 물었다.

"민호 씨, 어디 가게요?"

"물고기나 구경하려고요. 가능하면 좀 잡고."

"낚시는 지석 선배님이 전문이니 같이……."

"나는 못 가."

황지석은 바닥에 주저앉아 있는 상태로 피곤해서 못한다고 손을 휘저었다.

"……못 가신 다네요. 민호 씨 괜찮겠어요? 오늘 제일 고생했는데."

"그냥 천천히 산책만 하고 올 건데요 뭐."

민호는 호수 저편으로 생동감 넘치게 파닥거리는 물고기 그림이 나타난 것을 바라보며 미소를 지었다.

"해 지기 전엔 돌아올게요."

"어후, 민호 씨는 체력도 좋아. 내 낚시도구 줄까?"

"그럼 고맙죠."

황지석이 가방에서 작은 낚싯대와 도구세트를 꺼내 민호에게 건넸다. 받아든 민호가 야영장소를 벗어나는데 스칼렛이 따라 붙었다.

"Wait, wait!"

민호가 걸음을 멈추고 그녀를 기다렸다. 첫날처럼 촬영 장비까지 들고 달려오는 모습에 민호가 물었다.

『어제 잠 설쳤잖아요. 안 피곤해요?』

『미스터 강의 탐험에 손해를 끼치지는 않을 테니 걱정하지
마세요.』

빌과 랄프는 피곤에 절어 한쪽에서 졸고 있는 것을 보면,
참 활동적인 여인이란 생각이 들었다. 스칼렛이 웃으며 민호
의 옆에 섰다.

『어딜 갈 생각인가요?』

그녀의 물음에 민호는 앞쪽의 호수를 가리켜 보였다.

『저곳에서 물고기를 낚아 보……..』

별안간 민호의 눈이 휘둥그레졌다.

우거진 숲 사이로 흐르는 실개천의 끝. 그곳에 인공적이지
만 자연적인 것처럼 보이는 나무 댐이 딱하니 물길을 가로막
고 있었다.

문제는 그 댐에서 은은한 빛이 나고 있다는 것.

대체 누가 사람의 발길이 닿지 않는 곳에다가 댐을 짓고
넓은 호수를 만들어 낸 건지. 민호는 신기하면서 소름이 끼
치지 않을 수 없었다.

'설마, 인디언의 오래된 유적이라도 되는 건가?'

생각지도 못한 애장품을 발견해 말문이 막힌 민호에게 스
칼렛이 지나가듯 말했다.

『아, 저기 비버 댐이 있네요.』

『바, 방금 뭐라고 하셨어요?』

『비버 댐이요.』

그녀가 언급한 비버가 미 대륙에서 소녀팬들의 마음을 온통 훔치고 있다는 유명한 가수 '저스틴'을 말하는 건 아닐 테고. 민호는 알고 있던 동물상식을 떠올리고는 전율을 느꼈다.

비버. 바다 삵이라고도 불리는 북아메리카에 서식하는 포유류.

'도, 동물의 애장품이 있다고?'

쏜살같이 달려간 민호가 가장 먼저 맞닥뜨린 것은 동물이 건설했다고는 도저히 믿기지 않을 정도로 견고한 나무 댐이 었다.

버드나무와 미루나무 사이로 진흙과 돌, 풀들이 잔뜩 들어가 튼튼한 둑을 이루고 있는 광경은 그것을 생전 처음 보는 민호에겐 신비롭고 기이한 경험이 아닐 수 없었다.

"이거 긴장되네."

그 가장자리에 서서, 민호는 빛나는 나무 댐에 손을 살포시 올렸다. 혹시 생각지도 못한 문제가 생기면 인디언의 지식에 도움을 청하려고 왼손을 이용했다.

은은한 빛이 흡수되고, 민호는 생전 처음 느껴보는 이상야릇한 감정에 잠시 흠칫했다.

'왜 나무껍질을 씹고 싶어지는 거지?'

나무 자체가 비버의 먹이기 때문이라는 사실을 본능적으로 캐치한 민호는 고개를 휘저었다. 아무리 야생동물의 감을 체험하는 순간이라 해도 나무를 먹을 수야 없다.

팟, 하는 시야의 암전과 함께 이 놀라운 댐을 건설한 동물이 가진 야생의 경험 하나가 머릿속을 스쳤다.

거대한 땅 다람쥐처럼 보이는 비버는 뒤뚱거리는 몸매에 둔해 보이는 얼굴을 하고 있었다. 그러나 물속에서만큼은 우아하고 빠르며 민첩했다.

'귀엽긴 한데 애가 맹해 보여.'

물 위로 나온 비버가 숲 속으로 달려가 적당한 나무를 찾아 밑동을 갉아 쓰러트리고, 그걸 조각내서 댐의 필요한 위치에 집어넣고, 진흙과 이끼를 발라 구멍을 메우는 일련의 행동을 수없이 반복하는 장면이 이어졌다.

이것은 흡사 동물의 왕국 다큐를 1인칭 시점의 몰입감 높은 4D 영화로 체험하는 것과 비슷했다.

댐에 어린 야생의 기억이 사라지고, 민호는 50m에 이르는 거대한 건축물이자 비버의 보금자리에 다시금 시선을 돌렸다.

몇 대를 이어, 오랜 시간 동안 공을 들여 작업한 비버의 애장지대.

민호는 위에 보이는 부분보다, 물 아래 폭이 넓고 정교하게 쌓인 부분이 존재해 물살의 힘을 너끈히 버티고 있음을 이해하고 거듭 감탄했다. 저 댐 아래의 공간에 비버의 가족들이 모두 살고 있었다.

더불어 비버의 지식 때문인지 이 호수의 특정 지역에 송어가 넘쳐나는 구역이 있음을 알아냈다.

'살다 살다 이렇게 진귀한 경험을 해보네. 이건 아버지도 절대 못 해봤을 거야.'

한국에 가면 윤환에게 자랑할 만한 일이 생겼다는 사실에 민호는 속으로 웃으며 어깨를 으쓱했다.

『미스터 강, 이런 댐은 처음 보나 봐요?』

뒤늦게 쫓아온 스칼렛의 물음에 민호는 고개를 끄덕였다.

『네, 신기해요.』

계속 쳐다보고 있다 보니 인디언의 경험과 어우러진 지식도 하나 알게 됐다.

『이 댐에 있는 나무 전부 잎이 넓은 나무네요.』

『잎이 넓어요?』

『가문비나무나 측백나무 같은 잎이 뾰족한 나무는 숲에 그대로 있고, 나머지만 벌목했어요. 침엽수는 활엽수의 그늘에서 생존하기 힘들거든요. 이 숲의 생태계를 저 비버가 설계했다고나 할까요?』

『스톱! 카메라 좀 켜고요.』

스칼렛이 촬영을 시작했다. 민호는 비버가 더 거대한 나무를 쓰러트려 작은 나무에 햇빛이 닿게 만들었다는 인디언의 지식을 적당히 얘기해 주었다.

댐에 손을 올린 채로 계속해서 비버의 애장지대를 살펴보던 민호는 중앙부에 최근에 비가 많이 와서 물이 흘러넘쳐 망가진 난 부분이 있음을 깨달았다.

'왜 보수를 안 한 거지?'

자세히 보니 비버의 작달막한 손으로는 닿지 않는 공간이었다. 그 위로 덕지덕지 진흙을 발라놓긴 했으나 실패. 저 구멍 때문에 호수의 물이 자꾸만 줄어들고 있었다.

가만히 놔두면 며칠 후에는 이 호수의 수면이 저 구멍까지 내려앉으리라 예상됐다.

'어?'

그렇게 생각한 찰나, 왼쪽 손등에서 따뜻한 기운이 느껴졌다. 댐 위로 그림 기호가 떠오르며 숲에 관한 또 다른 지식이 눈에 보였다.

비버가 댐을 만들면 물속에 잠긴 나무들은 서서히 썩어간다. 이것은 새로운 생태계가 등장하는 것을 뜻함과 동시에

이 호수가 풍부한 유기물질로 가득한 보물 창고로 돌변한다는 말도 됐다.

봄이 오면 새로운 초지, 습지, 물새의 서식지, 물고기의 산란지가 생겨날 것이란 투박한 그림이 민호의 눈에 나타났다 사라졌다.

'도와주라는 거죠?'

자연의 기술자이자 신령스러운 동물의 역할은 이 지역의 다양성을 보호하는 것이라는 인디언의 이야기.

이 장소를 지켜달라는 부탁은 이유도 분명했다.

물은 차갑겠지만, 이 숲의 1년 역사를 구성하는 한 축을 담당할 수 있겠다는 생각에 민호는 짐을 내려놓고 바로 재킷과 바지를 벗었다. 카메라를 만지작거리며 민호를 바라보고 있던 스칼렛의 얼굴이 확 붉어졌다.

『미, 미스터 강. 저는 그런 의도로 따라온 것은…….』

풍덩!

민호가 뒤도 돌아보지 않고 호수에 입수하자 스칼렛은 깜짝 놀라 카메라를 들이댔다.

'웃, 차거.'

천둥 화살의 기호가 주는 축복 때문인지 잠수하는 것 자체는 어렵지 않았다. 다만 냉기 때문에 몸 전체가 저릿할 뿐. 3미터 깊이의 호수 바닥까지 잠영해 바닥에 있는 진흙을 양손

에 퍼서 다시 수면으로 올라선 민호는 푸□, 하고 남은 숨을
내뱉었다.

『미스터 강! 뭐하는 거예요!』

놀란 스칼렛의 음성에 민호는 댐 쪽을 고갯짓하고 수영해
나갔다.

중앙부로 다가선 민호는 비버의 팔이 닿지 않는 곳 깊숙한
부분에 진흙을 밀어 넣었다. 그리고 카메라를 비추는 스칼렛
에게 외쳤다.

『폭우 때문에 댐에 물이 새서 호숫물이 바닥나기 전에 보
완하려고요.』

『그걸 왜…….』

『자연을 탐험하는데 호기심 말고 무슨 이유가 필요해요.』

밝게 웃은 민호가 다시 호수 안으로 사라졌다.

세 번 더 반복하자 물이 새는 부분이 눈에 띄게 적어졌다.
민호는 크게 숨을 들이쉬고 잠수해 마지막으로 큼지막한 돌
하나를 주웠다. 그리고 수면을 향해 헤엄치려는데 옆을 휙
하니 지나치는 그림자를 보았다.

놀라서 입을 벌렸다가 커르륵, 하는 거품 무는 소리와 함
께 물을 먹은 민호가 급히 수면 위로 떠올랐다.

"뭐야?"

고개를 휘저어 방금 목격한 그림자를 찾던 민호는 댐의 구 멍 쪽에 나타난 통통한 동물을 발견하고 멈칫했다.

비버다.

"여, 여기 주인이니?"

당연하게도 인간의 말을 알아들을 리 없기에 이러지도 저 러지도 못하고 가만히 물에 떠 있는 민호의 옆으로 비버가 부드럽게 헤엄을 쳐서 다가왔다. 그러고는 민호가 손에 쥐고 있는 돌에 아기곰처럼 순하게 생긴 둥근 머리를 비벼왔다.

"아……. 맞아. 이거 저기다가 넣으려고 했어. 해도 될까?"

대답은 없었으나 긍정하는 듯한 느낌이 들었다.

민호가 앞으로 헤엄쳐 가자 옆을 빙글빙글 돌며 따라오는 비버. 구멍 난 부분에 마지막 조각을 채워 넣은 민호는 댐 위 로 기어 올라와 평평한 통나무에 걸터앉았다.

비버는 물 위에서 구멍이 완벽히 메워진 곳을 두루 살피다 가 민호 쪽으로 고개를 돌렸다.

"괜찮아 보여? 너처럼 정교하게는 못했지만, 버틸 만은 할 거야."

스륵, 민호에게 헤엄쳐 다가온 비버가 짜리몽땅한 팔을 휘 저으며 마치 고맙다는 듯한 표시를 해보였다. 첨벙첨벙, 손 을 흔들더니 몸을 휙 돌려 호수 외곽으로 헤엄쳐 나갔다.

이 장면을 숨죽이고 촬영 중이던 스칼렛은 비버가 나뭇가지 하나를 입에 물고 돌아와 민호에게 도로 내미는 광경에 작은 탄성을 내뱉었다.

"나 먹으라고? 사람은 이런 거 못 먹어."

귀엽다는 듯 머리를 쓰다듬자 비버는 크고 넓적한 꼬리를 펄럭이며 반응해 왔다. 야생의 동물과 아무렇지도 않게 교감을 나누는 민호의 모습에 스칼렛은 아까부터 벌어진 입을 좀처럼 다물지 못했다.

"어우, 추워. 이제 나가야겠다."

다시 호수를 헤엄쳐 외곽으로 나온 민호. 스칼렛은 그의 뒤를 졸래졸래 쫓아오는 비버를 가리키며 말했다.

『미스터 강. 이런 질문 되게 우습겠지만, 저 비버랑 친구예요? 아님 혹시, 비버 조련사?』

『그럴 리가요. 그리고 그런 직업이 있어요?』

민호는 물기를 털다가 고개를 돌렸다.

예의 멍해 보이는 눈길로 쳐다보는 비버. 계속해서 자신의 얼굴을 주시했다. 곧 있으면 저녁이고, 야행성인 비버가 활발히 활동하는 시간이었다. 저것이 놀자는 표시라는 건 애장지대를 만져 비버의 감성을 공유하고 있는 지금 확연히 느낄 수 있었다.

그러나 민호는 해지기 전에 얼른 송어를 잡아 돌아갈 계획이었다.

"돌아가. 네 친구들이랑 놀아."

물기에 젖은 손을 휘저었으나 더 가까이 다가오는 비버.

"이 녀석이 왜 자꾸 따라와. 이제 가라고."

민호가 전혀 위험하다 생각지 않는지 꿈쩍도 않는 비버. 민호는 모르겠다는 듯 고개를 휘젓고 스칼렛에게 호수 한쪽을 가리켰다.

『스칼렛, 저기서 송어를 잡을 거예요.』

『송어? 낚시로요?』

『낚시긴 낚시인데…….』

본래는 인디언의 지식이 알려준 구식의 낚시 방법을 사용하려 했으나, 비버의 지식으로 저곳에 물 반 고기 반이라는 사실을 안 이상 가장 빠른 방법을 택하는 게 옳았다. 호수도 한번 들어가 보니 수영할 만했고.

풍덩!

단검을 손에 쥐고 물속으로 뛰어든 민호. 잠수해서 수초 근처로 다가서니 몸길이 80㎝의 무지개송어가 지천으로 깔린 장소가 보였다.

'좋아.'

아무 수초에 손을 뻗으면 송어의 지느러미가 걸리는 상황. 산간 계곡에서 막 흘러내려온 물이 고여 있는 깊은 지대에서 민호는 두툼한 살집을 가진 송어를 쓸어 담기 시작했다.

"아우, 한참 기절해 있었네."

침낭에 들어가 잠에 푹 빠져 있었던 황지석이 고개를 내밀었다. 배가 고파서 깨어난 그는 가방을 더듬어 먹을 것을 꺼내다 주황 빛깔로 물든 하늘을 발견했다.

"벌써 밤이야? 광석 형님, 민호 씨 왔어요?"

모닥불 가에 앉아 있던 심광석이 이 말에 고개를 저었다. 황지석이 마른 빵조각을 손에 쥐고 심광석 옆에 앉으며 웃었다.

"뭐, 스칼렛 처자랑 같이 갔으니까. 님도 보고, 뽕도 따고 ~ 늦게 오면 늦게 올수록 좋은…… 으잉?"

호수 방향을 바라보던 황지석이 당황해 신음을 흘리자 심광석도 고개를 돌렸다.

양팔에 나무줄기로 엮은 송어를 수북이 안고 있는 민호와 촬영은 접었는지 몇 마리를 거들어 들고 있는 스칼렛, 그리고 거대한 다람쥐가 함께 걸어오는 괴상한 풍경.

황지석은 순간, 오래전에 보았던 외화 속의 한 장면을 떠올렸다. 10원짜리 팬티와 20원짜리 칼을 찬 것은 아니지만, 민호가 상의를 벗고 있었기에 거의 흡사했다.

타잔과 제인이 사냥을 마치고 치타와 돌아오는 장면이 대략 1분간 이어졌다.

"뭐, 뭐, 뭐야, 민호 씨!"

야영장으로 돌아온 민호에게 달려간 황지석의 커다란 외침에 내셔널 촬영팀과 인터뷰 중이던 한소유와 정승기도 고개를 돌렸다가 똑같이 당황에 빠졌다.

"무지개송어가 생각보다 많더라고요. 먹고 남은 거 훈제해서 들고 가면 식량 걱정 없겠어요. 이거 다 같이 손질 얼른 해놔요. 광석 형님 1번 칼은 제가 찜입니다."

"캬~ 대박. 이 송어 진짜 맛있어. 민호 씨 때문에 하루도 버라이어티하지 않은 날이 없네. 근데 민호 씨……."

황지석이 민호의 옆에서 애완 강아지처럼 따라오고 있는 털북숭이 괴생명체를 가리켰다.

"얘는 뭐야?"

"야, 저스틴! 집에 가라니까!"

민호가 송어를 돌 위에 내려놓으며 손을 휘저었으나, 괴생명체는 순해 보이는 눈동자로 고개를 갸웃할 뿐 놀라는 반응이 없었다.

"저스틴?"

"송어 잡는데 자꾸 까불어서 대충 비슷한 느낌의 이름을 지어 줬어요."

우르르 모여든 일행 중에 한소유가 저스틴을 손가락질하며 말했다.

"민호 씨, 저거 비버 아니에요?"

"맞아요."

"어떻게 길들여서 데리고 온 거예요?"

"아, 그런 건 아니고요……."

민호는 댐 구멍을 막아줬더니 저렇게 따라온다고 간단히 설명해 주었다.

며칠간 야생 동물은 많이 마주쳤으나 이렇게 가까이에서 관찰할 기회는 드물었던 터라 일행 모두 신기하다는 듯 비버의 주위를 둘러쌌다.

"사진! 픽쳐!"

황지석의 외침에 스칼렛이 카메라를 들었다.

비버, 저스틴을 둘러싸고 V를 그리고 있는 '맨 앤 정글'일행의 모습이 사진에 찍혔다. 그것도 여러 번. 단체 사진이 끝나자 한 명씩 일대일로 셀카를 찍기까지 했다.

"고놈 진짜 귀엽네. 스틴아, 김치~"

"민호 아우를 진짜 잘 따르는 거 같아."

"민호 씨, 나 쟤 안아 봐도 돼요?"

난데없이 벌어진 일련의 사태에 질투할 기운도 없어진 정승기도 "강민호 씨!"를 외치며 비버와의 셀카만큼은 챙겼다.

『팀장, 우리도 부탁해요!』

비버와 함께하는 포토타임이란 것이 일생에서 쉽게 오는 기회가 아닌 터라 촬영팀인 빌과 랄프까지 몰려들었다.

졸지에 산타가 되어 어린애들과 사진을 찍어주는 듯한 모양새가 되어 버린 비버는 민호의 옆에서 동그란 눈망울만 반짝일 뿐, 일행을 무서워한다거나 피하지 않았다.

89.
그레이트 서바이버 (9)

2차 보급 포인트 와스프 쉘터, 102km.

치익.

『스칼렛. 이제 겨우 82km 지점이라고? 페이스가 아주 느려졌네. 4등이야, 지금.』

ー그쪽은 얼마나 갔어요?

프랭크는 팀 '리얼리스트'의 좌표를 훑어보다 말했다.

『대략 64마일.』

ー저희와 거의 하루 차이가 벌어졌네요.

『알잖아, 헨리 스타일. 쉴 틈이 없어. 나는 죽겠고.』

무전 중인 프랭크의 옆으로 다가온 헨리가 씩 웃어 보였다. 프랭크는 질린다는 듯 고개를 휘저으며 스칼렛에게 말했다.

『한국 팀의 선전을 리얼리스트 블로그에 올렸더니 반응이
좀 오고 있나 봐. 헨리가 앞으로도 세세하게 코스를 말해주
면 좋겠다고 하네.』

―뭔가 속이 보이는 요청 같은데요? 그 블로그에 한국 팀
반응 우호적이에요?

『반반. 헨리가 1등 하겠다고 벼르고 있는 건 스칼렛도 잘
알잖아.』

―뭐, 상관없어요. 한국 팀의 여정은 이미 승패와는 상관
없이…….

지직.

통신 상태가 양호하지 않아 스칼렛의 뒷말이 잘렸다.

―헨리한테 1등이라도 못 하면 되게 우스운 꼴이 될지 모
르겠다고 전해 주세요.

무전이 끝나고, 프랭크가 '들었지?' 하는 눈으로 헨리에게
시선을 던졌다.

『스칼렛이 자신만만한 목소리야. 이 도발이 걱정 안 돼,
헨리?』

『가장 앞서가는 최적의 코스를 지나고 있고. 우리 팀이 지
나는 곳의 경치는 매일 찍어서 실시간으로 업데이트 중이고.
방문자들의 반응은 어느 때보다 폭발적이야. 슈! 일일 방문

자 숫자가 얼마라고?』

『2백만.』

『들었어? 뭐가 걱정되겠어?』

『리더가 그렇다면야.』

프랭크도 이번만큼은 스칼렛이 허세를 부리는 거 아닌가 하는 생각이 들었다.

〈Day 6〉 실개천 지대, 82km.

오랜만에 쾌청한 하늘을 보이는 아침.

민호는 개운한 기분으로 눈을 떴다가 침낭 바로 옆에 수북하게 쌓여 있는 자작나무를 보고 움찔 놀랐다. 기름기가 있어 불에 잘 타기에 야영할 때 모닥불용으로 사용하는 것인데, 어째 간밤에 땐 양보다 배로 불어 있었다.

'저스틴이 두고 간 건가?'

댐 공사를 도와준 것이 얼마나 고마웠으면 이러는 건지. 한낱 동물이라 여겼던 비버가 보여주는 감사의 표시는, 애장품을 이용하기 위해 계산적으로만 사람을 대할 때가 많은 자신의 행동을 반성하고 싶을 정도로 한도가 없었다.

'저거 못 들고 가, 무거워서.'

그게 조금 쓸데없다는 것이 단점이라면 단점.

침낭에서 나와 기지개를 켜는 민호에게 먼저 일어나 있던 스칼렛의 카메라가 접근해 왔다.

『좋은 아침이에요, 스칼렛.』

『오늘은 꽃단장 안 해요?』

『하긴 해야죠. 인터뷰는 건너뛰고요.』

『왜요?』

『안 되겠거든요. 스칼렛이 자꾸 제 몸을 훔쳐봐서. 어제 송어 잡을 때 다 봤습니다.』

『어…… 음…….』

딱 걸렸다는 민호의 눈길.

『아니에요?』

카메라의 재생 버튼을 누르려던 스칼렛은 다가오던 걸음의 방향을 그대로 휙 돌리더니 딴청을 피우기 시작했다.

『씻고 와서 할게요. 후후.』

웃으며 호숫가로 사라지는 민호에 스칼렛은 고개를 숙일 뿐이었다. 그사이 나머지 일행들도 하나둘 잠에서 깨어났다.

스칼렛은 사심을 담은 민호의 아침 인터뷰는 글렀다는 생각에 다른 일행들에게 다가섰다.

"굿모닝, 스칼렛~"

황지석이 팅팅 부풀어 오른 눈으로 손을 흔들어 보였다. 어젯밤 구운 송어 한 마리를 통째로 흡입하는 위장을 과시한 덕분에 얼굴이 상당히 부었다.

『잠은 잘 잤나요?』

"슬립…… 웰? 아. 잘 잤어요. 굿 슬립, 굿 슬립. 워시 좀
하고."

여느 때처럼 콩글리시 인터뷰를 하며 호숫가로 걸어가는
황지석. 스칼렛은 뒤이어 한소유와 심광석에게도 비슷한 질
문을 했으나 어제와는 달리 모두 악몽을 꾼 것 같진 않아 보
였다.

『미스터 정. 컨디션 어때요?』

『좋습니다. 송어로 훌륭한 단백질을 공급했더니 체력은 괜
찮은 것 같습니다.』

『악몽은요?』

『전혀. 역시, 강민호 씨가 아무 얘기 안 하니까 악몽을 안
꿨나 봅니다.』

알게 모르게 매번 민호를 타박하는 정승기의 말에 스칼렛
은 웃음이 나오는 것을 참았다. 말은 저렇게 해도, 정작 민호
가 부탁하면 할 건 다 해준다. 라이벌로 생각하고 열심히 하
는데 도리어 당하는 모습은 안쓰러워 보이기까지 했다.

『다음 리더 순번이 되면 암벽등반 또 시도하실 건가요?』

이 질문에 정승기는 헛기침만 하며 침낭을 정리하기 시작
했다. 그러다 민호의 침낭 옆에 왕창 쌓여 있는 자작나무 더
미를 보고 고개를 갸웃했다.

『여기 이게 왜 이렇게 많이…….』

『저스틴이 그런 것 같아요.』

『저스틴?』

이제는 하다 하다 동물에게까지 카메라 분량을 빼앗긴다는 것에 한숨을 푹 내쉬던 정승기는 야영지 바로 옆 나뭇가지에 걸려 있는 특이한 장식품에 시선이 머물렀다.

스칼렛도 처음 보는 것이기에 카메라를 돌렸다.

둥근 버드나무 고리에 거미집 모양의 성긴 실이 감긴 독특한 장식물. 스칼렛은 어디선가 본적이 있는 것아 가까이 다가가 확인했다.

『아하, 이거 그거네요.』

『뭔지 아십니까?』

『'드림캐처'라는 인디언 전통의 주술 장식품이에요.』

『아, 그 악몽을 잡아서 좋은 꿈을 꾸게 해준다던…….』

한국 드라마에서 본 적 있는 물건이기에 지식을 뽐내려던 정승기는 멈칫했다. 이런 거 만들어서 달아놓을 녀석이라면 한사람밖에 없다. 언제 이런 센스를 발휘한 건지.

『미스터 강이 만들었겠죠?』

『모릅니다.』

더는 강민호를 띄워주기 싫은 정승기는 서둘러 호숫가로 걸어갔다.

『팀장. 오늘 1번 촬영조 누구로 정합니까? 보니까 미스터 강 리더 순번이 돌아올 것 같던데.』

빌이 드림캐처를 정성 들여 촬영 중인 스칼렛에게 다가왔다.

『응? 뭘 그렇게 열심히 찍어요?』

『빌, 혹시 잠 잘 잤어요?』

『그럼요.』

『효과가 있었나?』

『무슨 말이신지. 저게 뭔데요?』

『인디언 부족의 주술적인 의미가 담긴 장식품이죠. 미스터 강이 악몽을 꾼 동료들을 위해 이런 물건을 만들어서 걸어뒀어요.』

스칼렛 역시도 편하게 잠을 잤기에 신기하다는 생각이 들었다. 빌이 드림캐처에 시선을 던진 채로 말했다.

『그러고 보면, 미스터 강은 인디언 출신이 아닌가 싶어요. 참 신비해. 동양인이니 가능성 있지 않나?』

『그러게요.』

가끔 민호를 촬영하다 보면 신기한 무언가가 따라붙고 있다는 착각이 들 때가 많은 스칼렛이기에 더더욱 이 말이 신빙성이 있지 않나 싶었다.

식사를 끝내고, 출발 직전 가진 코스 회의시간.

"돌고 돌아 오늘은 민호 씨가 리더네."

"몸 상태는 다들 어떠세요?"

오늘의 리더로 앞에 나선 민호의 물음에 통증을 호소하는 이는 없었다. 황지석이 경치 좋은 호수 일대를 살펴보며 말했다.

"여긴 느낌도 좋은데 오늘 한 20km 걸을까? 그럼 딱 반 간 거잖아."

지도 속의 지형과 실제 눈앞에 보이는 인디언의 그림 기호를 살피며 일정을 고려해 보던 민호는 실개천 지대의 끝에 보이는 큰 강을 보자마자 생각 하나가 번뜩였다.

날씨도 쾌청하고, 며칠 전 내린 폭우로 불어난 물이 적당히 잠잠해질 시기.

"여기 호수에서 출발하는 지류가 저 하천까지 가거든요."

민호가 일행들이 서 있는 지대를 손으로 찍었다가, 무려 50km 너머에 있는 '프렌치 브로드' 강을 가리켰다.

황지석이 눈을 크게 떴다.

"뭐야, 수영해서 가자고? 그것도 3일치 거리를?"

"수영은 아니고요."

정승기도 지도를 살피다가 물었다.

"당장 앞만 봐도 지도에 기록되지 않은 지류만 세 곳인데, 50km 너머의 하천까지 닿는 물길을 어떻게 찾으려고 그럽니까? 그러다가 산골짜기에 처박혀 도로 돌아 나와야 하면요?"

"길 찾는 건 어렵지는 않아요."

"시골 출신이라서?"

"그거야, 뭐…… 하하."

물길이야 이 지역에서 매일 헤엄치며 노는 비버의 경험에 본능적으로 녹아 있었기에 댐을 만지면 최근에 비가 내려 뒤바뀐 수로까지 확인할 수 있었다.

민호는 황당하다는 듯 자신을 바라보는 일행들에게 침착하게 말했다.

"무책임한 말처럼 들리겠지만, 오전에는 뗏목을 만들고 오후에는 물길을 따라 앉아 있기만 해도 저 강에 도착할 거예요. 비 때문에 유속이 빨라졌거든요. 오늘까지 자잘한 부상을 전부 치료하면 남아 있는 일정 동안은 소풍 가듯 걸어도 될 거라고 확신해요."

"강민호 씨, 타고 간다고 칩시다. 뗏목은 뚝딱 나옵니까? 적어도 하루는 꼬박 만들어야 두세 사람 타고 갈 크기가 나올 텐데."

"그건요……."

번뜩이던 생각 속에서 가장 중요한 부분을 차지했던 것.

"저스틴이 이미 갉아서 쓰러트린 통나무 좀 빌리면 되거든요."

야생 동물 비버가 댐을 만들기 위해 베어놓은 재료를 사용하겠다는 민호의 발언에 남아 있는 일행 모두는 아득히 먼 관점의 차이를 느껴야 했다.

"저는 재밌을 것 같아요."

"나도 민호 아우 의견을 따라 보고 싶어."

한소유와 심광석이 찬성했다. 뒤이어 황진석도 고개를 끄덕였다.

"뭐, 오늘 리더가 민호 씨니까 따르긴 하겠는데. 이러다 내셔널 카메라 앞에서 우스꽝스러운 모습만 보이게 되는 거 아니야?"

그간 다수결보다는 전원 일치한 의견을 주로 따라왔기에 아직 대답하지 않은 정승기에게 일행의 시선이 쏠렸다.

"저는……."

정승기는 차라리 실패했으면 하는 생각뿐이었다. 강민호가 황당한 짓을 시도하면, 그건 반드시 성공했으니까.

"……해봅시다."

손도끼와 나무칼, 등산용 줄만으로 제작이 시작된 뗏목은 그간 '맨 앤 정글'팀을 쭉 촬영해 왔던 내셔널 측의 전문가들을 경악하게 했다.

민호의 안내로 찾아온 이 숲은 잘 다듬어 놓은 천연의 통나무가 사방에 쓰러져 있는 장소였다. 전문 뗏목 작업장이라 불러도 무방할 지경.

빌이 조작하는 카메라 속에 2시간 동안 담긴 장면은, 통나무를 물가에 일렬로 세워놓고, 중앙을 지나는 가로대를 덧붙여 줄로 묶어버리는 아주 단순한 구조의 뗏목 제작 과정이었다.

외부에서 구경 중이던 랄프가 스칼렛에게 물었다.

『저 비버는 대체 뭔데 미스터 강을 저렇게 따르는 건가요? 어제 그와 호수에 같이 다녀왔잖아요.』

스칼렛은 작업 중인 민호의 옆에서 이리저리 왔다갔다, 가지를 물어다 주고 있는 비버를 바라보며 어제의 일을 떠올려 보았다.

『저도 모르겠어요. 저스틴이 등장한 촬영 분량. 제대로 방송하려면 동물학자 따로 불러서 인터뷰 따야 할 것 같아요.』

『저거 설명할 수 있는 동물학자가 있을까요?』

그건 알 수 없는 일이기에 스칼렛은 고개를 흔들었다.

가방에 얇은 나무기둥을 대고, 판초를 둘둘 감아 뗏목 앞뒤에 장착하고 있는 민호를 지켜보며 스칼렛은 이 종주 기간 그가 얼마나 더 놀라운 일을 보여줄지에 대한 기대는 이제는 아무 의미 없다고 판단했다.

단지 촬영하는 것만으로 그림이 되는 동양인 청년.

극한에 몰렸다고 생각했던 어제, 그는 단 한순간도 여유를 잃지 않았었다. 울프의 말과 감을 따라 자원했던 것이 이제와 생각해 보면 천운이었다.

이런 사람과 함께하는 여행은 돈 주도고 사지 못할 귀중한 경험일 것이다.

『랄프. 저 팀 참 재밌는 사람들이죠?』

『동감합니다.』

스칼렛은 자신이 어느새 이 팀을 촬영 대상이 아니라 여행의 벗 정도로 여기고 있음을 깨닫고 입가에 미소를 그렸다.

오후 1시. 투박하지만 튼튼해 보이는 뗏목이 여울 앞에 놓였다. 굵은 통나무 바퀴를 따라 뽀얀 물살을 일으키며 수면 위에 안착한 뗏목.

"휘유~ 이걸 5시간 만에 만들었어, 우리가."

황지석이 감탄하며 뗏목에 올라섰다. 성인 8명이 앉을 수 있는 직사각형의 넓은 공간. 양옆에 방수포로 말린 가방들이 부력을 더함과 동시에 무게중심을 잡아주어 상당히 구색을 갖춘 뗏목처럼 보였다.

일행들이 하나둘 올라타 자리를 잡았다.

긴 나무막대를 하나 챙겨 든 민호가 마지막으로 후미에 올라타며 모두에게 말했다.

"'저스틴 호'에 오신 것을 환영합니다. 재료를 선뜻 내어준 친구에게 박수!"

물가에 멍하니 서 있는 비버에게 일행 모두 환호를 보냈다.

"잘 있어 스틴아! 보고 싶을 거야!"

"편지 꼭 보낼게!"

왁자지껄 농담 섞인 인사를 건네는 일행들을 가만히 보고 있던 비버는 민호를 한번 쳐다보았다가 자신의 보금자리가 있는 댐 쪽으로 헤엄쳐 사라졌다.

2차 보급 포인트에서 13km 떨어진 지점, 페인트 록.

팀 '리얼리스트'는 발이 푹푹 들어가는 부드러운 모래가 깔린 지대를 지나고 있었다.

모랫바닥을 슥슥 가르는 발소리와 정수리가 까만 박새 몇 마리가 이따금 퍼드득거리며 이 나무에서 저 나무로 날아가는 소리 외에는 아무것도 들리지 않는 공간. 헨리는 그 속에서 가파른 기슭을 따라 나 있는 구불구불한 길에 시선을 던졌다.

『라미. 지금 그림 좋다.』

바로 뒤에 있던 라미가 큼지막한 렌즈가 달린 사진기로 전방을 촬영했다.

『대서양으로 가는 루트를 쫓아 '페인트 록' 고개를 넘은 위대한 인디언의 여행길은 여전히 험하고 경외감을 불러일으킨다. 슈, 설명은 이렇게 올리고.』

『너무 간지러운데.』

『이런 게 먹혀.』

헨리는 숨을 헉헉거리며 촬영 중인 프랭크에게 윙크를 해 보이며 말했다.

『저 고개만 넘으면 '프렌치 브로드'강이 보일 거야. 거기서 야영지를 꾸리자고.』

『그건 15km 정도만 이동한 거잖아. 너무 적지 않아?』

『독보적인 1위인데 시간 싸움을 할 이유가 없잖아.』

나머지 팀들은 아직 2차 보급 포인트를 지나려면 이틀은 더 있어야 했다.

『한국 팀 기대했는데 말이야.』

탈락 팀이 속출하고 있는 기간. 이제는 페이스 조절을 해 가며 이동해도 늦지 않았다.

『모두 걸음 속도를 더 늦춰! 즐기면서 가자고.』

그렇게 오후 4시가 되어, 헨리의 일행은 고개를 넘었다.

치익.

―스칼렛 송신. 1번 팀. 1번 팀 있어?

프랭크는 무전기가 반짝여 손에 쥐었다.

『이 시간에 웬 무전이야?』

―본부랑 연락하다 그쪽 위치를 대충 듣게 돼서. 혹시 우리 안 보여?

『9번 팀을 우리가 어떻게 봐? 좌표 잘못 들은 거 아니야?』

이제 겨우 30km 뒤에서 따라오고 있어야 할 팀을 여기서 어찌 본단…….

"Hey―!"

계곡의 비탈길을 내려가던 프랭크는 봉우리를 타고 울리는 메아리에 눈이 커졌다.

―우린 보이는데?

『……나도 보여.』

강물을 따라 흘러내려오는 뗏목. 그 위에 서 있던 스칼렛이 비탈길의 '리얼리스트'팀을 향해 손을 흔들어 보였다.

선두에 서 있던 헨리는 우뚝 걸음을 멈췄다. 그는 지금 목격하고 있는 이 상황을 상식이란 것으로 이해해 보려고 고민하느라 아무 말도 꺼내지 못했다.

프랭크는 카메라로 스칼렛 쪽을 줌인해 촬영하며 무전기에 물었다.

『어떻게 된 건지 설명 좀 해주겠어?』

-글쎄. 나중에 우리 촬영본 보는 게 좋을 거 같아. 간략히 말하자면, 비버의 도움을 받아서 이걸 만들었어. 민호 씨, 이거 재밌는데 우리 계속 타면 안 될까?

-그럼 코스에서 이탈하게 돼서 탈락이에요. 대서양 가고 싶으시면 모를까.

스칼렛이 송신 버튼을 계속 누르고 있었는지 무전에 한국 팀의 목소리까지 흘러들어 왔다. 프랭크는 선두의 헨리를 흘끔 살피고 말했다.

『간략히 말하지 마. 지금 헨리 뇌에 과부하가 와서 얼어 있다고.』

-헨리한테 고민할 필요 없다고 전해줘. 그쪽 팀과 우리 팀은 장르가 달라. 그쪽은 정통 트레일 여행기, 우리는⋯⋯.

헨리는 무전기의 음성에서 자신이 언급되자 무의식적으로 고개를 돌렸다.

-'Great survival.'

빠른 물살을 따라 점점 하류로 내려가던 9번 팀의 뗏목은 이내 굽이굽이 꺾여 들어가는 협곡 사이로 사라졌다.

〈Day 7〉 프렌치 브로드 리버 하류 지점, 132km.

스칼렛은 새벽부터 계속해서 신호음을 보내는 무전에 잠을 깼다.

치익.

—헨리가 궁금해 미치겠다는데? 깨면 연락 좀 줘, 스칼렛.

치익.

—5번 '퍼시픽 트레일'팀입니다. 부상자가 많아서 직선으로 움직인 한국 팀의 이동 경로를 따라가려고 하는데, 대체 어제 어떻게 50km를 점프한 겁니까?

치익.

—스칼렛. 들려? 지금 촬영 테이프 공수하러 그 지점 가고 있으니까, 먼저 출발하지 말고 조금만 기다려 줘. 그리고 2번 포인트 건너뛰는 건 좋은데 식량은 충분한 거야?

마지막은 책임 디렉터 마이클의 목소리였다.

어제 한 보고 때문에 본부는 물론이고 종주에 참여하는 팀 모두에게 난리가 난 모양이었다. 자연의 재료로 뗏목을 만들어 5시간 만에 50km를 주파한다는 건 종주대회의 개념을 뒤집어 버리는 누구도 예상하지 못한 일이었으니까.

오로지 인간의 다리와 자연. 그것만으로 이동해야 한다는 대회규칙을 어긴 것도 아니기에 한국 팀의 현재 순위는 압도적인 1위였다.

하품을 크게 한 스칼렛은 밖에 팔을 뻗어 무전기를 침낭

속으로 끌어들였다.

『마이클.』

–스칼렛. 깼어?

『지금 생각은 어때요?』

–뭐가?

『아직도 제가 1번 팀을 맡았어야 한다고 생각하냐구요.』

–미리 축하는 해둘게. 책임 디렉터 스칼렛 로렌스 양.

프렌치 브로드 리버 상류 지점, 출발지에서 117km.

프랭크는 스칼렛과의 무전을 끝내고 헨리에게 다가갔다.

『헨리.』

불이 꺼진 모닥불 가에 앉아 있던 헨리가 고개를 들었다.

『미스터 강이란 사람이 주도해서 뗏목을 만든 건 사실인 모양이야. 평소에는 불가능하겠지만 마침 큰비가 내렸고, 그게 적당히 물길까지 넓혔다고 시도했다네.』

『루트는? 그 실개천 지역에서 나오려면 수백 개의 물길을 이해하고 있어야 한다고.』

『이해했다던데?』

『말도 안 돼.』

하고 헨리가 중얼거렸으나, 이미 믿기 힘든 상황은 벌어진 이후였다.

종주는 후반에 접어들었다. 15km, 반나절 이상의 거리를 앞서 있는 한국 팀을 따라잡으려면 얼마나 페이스를 올려야 할지 감이 오지 않았다. 문제는 한국 팀의 몸 상태였다. 어제 단 한 걸음도 움직이지 않아 다리 근육에 충분한 여유가 있을 것은 분명했다.

프랭크는 기세가 한풀 꺾인 헨리를 보며 스칼렛이 괜히 팀을 바꾸자고 제안했던 것이 아님을 지금에 와서야 깨달았다.

『헨리. 오늘 계속 그렇게 멍청한 얼굴하고 있을 거야?』

『역전…… 해야지.』

헨리가 굳어진 표정으로 자리에서 일어났다.

광범위통신으로 블로그 댓글을 확인하고 있던 슈가 노트북을 보며 말했다.

『헨리. 우리 블로그 코멘트에 미스터 강을 언급하는 사람이 있어.』

『뭐라는데?』

『한국 친구에게 욕을 배웠데. 그걸 적어났는데 뭐라는지 모르겠어.』

슈가 노트북 화면을 보여 주었다. 한국어를 영어로 바꿔서 적어놓은 문장.

[jongju jokachi hane!]

따라 읽어보던 헨리는 고개를 갸웃했다.

『이게 무슨 뜻이래?』

『대회 치사하고 더럽게 한다고.』

『치사한 건 아니지. 상식적으로는 불가능한 방법을 사용한 거니까. 좋아, 오늘부터 30km씩. 3일 안에 종료 지점에 도착 한다!』

헨리는 이렇게 말하며 팀원 모두를 다독였다.

〈Day 8〉 3차 보급 포인트~시스터즈 고산 봉우리, 152km.

'맨 앤 정글' 팀은 보급지점을 출발해 나란히 붙어 있는 두 개의 고산 한가운데를 지나는 길이었다.

해발 2,000m에 이르는 험난한 쌍둥이 산.

한국어로 '자매'라는 이름이 붙었지만, 실제 생성 시기는 전혀 다른 두 고봉을 지나는 일행의 발걸음에는 고된 산행으로 인한 괴로움이 아닌, 제주도 올레길을 걷는 듯한 가벼움이 담겨 있었다. 그래서 이틀의 일정으로 넘게 되는 산악 구간임에도 여유가 흘러 넘쳤다.

심광석은 선두에서 오늘의 리더로 일행을 이끌며 지난 5일 전과는 다른 기분을 느끼는 중이었다. 뒤처지지 않기 위해 오로지 묵묵히 걸어야 했던 그때와는 달리, 지금은 앞으로 가야 할 길이 보였고, 늪지의 숨겨진 길을 걸어야 할 때처럼 막막하지도 않았다.

단지 8일이었지만 크게 성장한 기분.

그사이 발톱을 하나 더 뽑아 8개가 남았지만 그만큼 발바닥은 두꺼워졌다. 살가죽 아래로 단 한 번도 느껴보지 못한 근육의 힘도 느껴졌다.

무릎, 정강이, 허벅지, 엉덩이의 근육이 제 임무를 수행하며 섬세하게 움직이고 있다는 사실을 이렇게 선명하게 경험해 본 적이 있었을까?

몸을 억누르는 큰 가방에 시달린 어깨와 등, 꼬리뼈 근처의 짓무른 살은 한창 딱지가 지더니 이제는 굳은살이 되어 몸을 단단히 지탱해 주고 있었다.

걸을수록 더 건강해져 간다는 건, 이 트레일을 시작할 때만 해도 전혀 상상치 못한 일이다.

심광석은 콧노래를 부르며 야생동물 찾기에 주력하고 있는 민호를 돌아보았다. 걷는 여행의 보람을 만끽할 수 있게 해준 고마운 아우.

"왜요, 형님?"

"어어, 아냐. 점심 언제 먹을까?"

"형님 마음대로 정하세요. 여긴 허허벌판이라 앉을 곳도 많으니."

"내가 특제 양념한 훈제 송어 나눠 줄게."

"진짜요? 우와!"

이 소리에 황지석의 눈이 번쩍 뜨였다.

"어이쿠, 형님, 저도 배고픕니다! 스칼렛, 아유 헝그리? 심 브라더 해브 딜리셔스 푸드!"

"저도요, 오라버니."

"크흠. 광석 형님. 좋은 건 나눠 먹어야지 말입니다."

30분 뒤.

고산지대의 숲을 목전에 두고, 며칠 전에 훈제해 둔 송어를 나눠 먹고 있던 일행의 앞으로 전혀 생각지 못한 동물이 나타났다.

"고, 고, 고……."

황지석은 너무도 당황해 처음에는 동물의 이름조차 부르지 못했다.

"……곰이다!"

억세게 으르렁거리는 비대한 몸집의 흑색 덩어리. 일행 모두 못 박힌 듯 그 자리에 멈춰 서 있는데, 네 발 달린 흑곰이 불과 5미터 앞으로 다가왔다.

"진정하세요. 먹고 있던 거 전부 앞으로 던지고, 공격할 의사가 없음을 밝히세요."

예의 침착한 음성이 들리며 훈제 송어 덩어리가 앞으로 툭 던져졌다.

흑곰이 상체를 숙여 살진 엉덩이를 씰룩거리며 송어를 먹기 시작했다. 처음에는 무서웠던 일행도 이 광경을 지켜보며 잔뜩 얼어붙은 마음을 녹였다.

툭, 툭, 하고 훈제 송어가 모두 바닥에 던져졌다.

그렇게 5분여. 배불리 먹은 흑곰이 다시 숲으로 사라졌다.

"얌마, 사진은 같이 찍어주고 가야지!"

사라지고 나서야 목소리를 높이는 황지석은 안도의 한숨을 내쉬며 말했다.

"저 숲 못 들어가겠는데? 코스 바꿔야 하지 않아?"

"아, 그럼……."

대충 지형을 훑은 민호가 말했다.

"여기서 좀 쉬었다가 내일 썰매 타고 내려갈까요?"

"썰매?"

민호는 눈이 내리기 시작한 하늘을 가리켰다.

〈Day 9~over〉 종료 지점, 200km.

'Great Traverse'의 총괄 디렉터 마이클은 종료 캠프장으로 지정된 록키 포크 주립 공원 입구에서 초조한 표정으로 전방을 주시 중이었다.

2일 전부터 갑자기 내린 폭설로 포기를 선언한 팀만 3곳. 총 12개의 도전 팀 중에서 이젠 5팀밖에 남지 않았다.

게다가 순위권을 치열하게 경쟁 중인 1번 팀과 9번 팀은 제작진들을 걱정시킬 만큼 위험한 방법을 선택해서 달려오는 중이었다.

하루에 30km의 강행군으로 눈길을 돌파 중인 '리얼리스트'. 가파른 비탈을 썰매를 제작해 이동한다는 '맨 앤 정글'팀. 그나마 오늘 날씨는 맑아서 눈이 녹기 시작해 다행이었다.

『누가 먼저 올까?』

『내 생각은 '리얼리스트'. 어제 차이가 고작 5km였어.』

『한국 팀이 워낙 특이하게 코스를 정하잖아. 나는 '맨 앤 정글'.』

1위 팀을 애타게 기다리고 있는 건, NBS방송국의 스텝들도 마찬가지였다. 아침부터 헬리캠을 동원해 사방을 정찰하며, 주위의 동향을 시간 단위로 주시했다.

『보인다! 저기, 저기!』

누군가의 외침에 각종 카메라가 한 곳을 줌인으로 당겼다.

쌍둥이 봉우리가 있는 지점. 서로 간에 줄을 묶은 채 눈길 위를 걸어 내려오는 인원이 있었다.

울프는 캠프장의 망루 위로 뛰어올라 고성능 망원경으로 그들의 움직임을 확대해 보았다. 다들 모자를 푹 눌러쓴 채 걷고 있어 얼굴 확인은 힘들었으나 선두의 한 사람이 가방에 꽂고 있는 깃발은 보였다.

[Man and Jungle]

『하하!』

『울프 교관님. 한국 팀인가요?』

하 PD가 망루를 보고 물었다. 울프가 아래를 향해 엄지를 들어 보이며 고개를 끄덕였다.

"하악. 하악."

8명의 사람이 뿜어대는 입김이 새하얗게 물든 산 정상으로 퍼져 나갔다.

미끄러운 눈길. 서로가 서로에게 로프를 묶어 언제든 도울 수 있게 지켜주는 방식으로 이동해 온 지 4시간째. 내셔널 측의 촬영 팀도 일행의 대열에 맞춰 함께 로프를 묶은 채 걸으며 거친 숨을 내뱉었다.

"5분만 쉬었다 가요! 앉지는 마시고 숨만 고르세요!"

한소유의 외침에 모두 걸음을 멈췄다.

가장 뒤에서 일행의 안전을 신경 쓰며 걸어온 민호는 산에서 내려가기 전 고개를 돌려 그동안 지나왔던 길을 돌아보았다.

화강암 절벽이 하늘을 찌를 듯 올라가 있는 높은 산세, 그곳을 따라 어지러울 정도로 깎아지른 듯한 능선, 구름이 드리운 웅장한 산봉우리, 신기한 동물과 식물이 살아 숨 쉴 것만 같은 숲, 늪지, 호수는 눈으로 온통 뒤덮여 며칠 전과는 전혀 다른 매력을 뽐내고 있었다.

시시각각 변화하는 자연 속을 걷는다는 건 눈을 뗄 수 없는 경외의 연속이었다. 이렇게 가만히 돌아보고 있노라니, 그 위대한 대자연이 다시 돌아오라고 손짓해 부르는 것만 같았다.

'200km 금방이네.'

정작 저곳을 걸어왔을 때는 크게 느끼지 못했던 감동이 민호의 가슴속에서 조용한 울림을 전했다.

"어? 캠핑장! 도시도 보이네. 다 왔어, 이제!"

누군가의 외침에 고개를 돌려 앞을 보았다.

지평선 근처로 도시의 익숙한 풍경이 보인다. 복잡한 건물, 붐비는 도로, 사람과 사람들.

'뭐야, 왜 이렇게 아쉽고……'

눈물이 나려는 건지 모르겠다.

민호는 왼쪽 손등에 맺혀 있던 천둥 화살의 기호가 환하게 깜박이다 이내 천천히 빛을 잃어가는 것을 지켜보았다.

자연과 도시의 경계에 선 지금, 이 한 발을 딛는 순간 인디언 청년이자 자연을 사랑하는 탐험가였던 자신에서 보통의 자신으로 돌아가게 될 것이라는 생각이 들었다. 그리고 조금만 시간이 지나면 이곳을 걸으며 느껴왔던 대부분의 감동을 망각하게 되겠지.

'고마웠어요.'

이 지역을 여행하기 위해 인디언 용사가 내려주었던 축복은 여기서 끝났다. 아마도 이곳을 다시 여행하지 않으면 돌아오지 않으리란 생각이 들었다.

'저스틴도 잘 살아라. 버드나무껍질 너무 많이 먹지 말고. 살쪄서 댐 출입구가 좁아 보이더라.'

인사하는 민호의 머릿속으로 체로키 부족의 격언 하나가 떠올랐다.

인생에서 최고의 여행은, 당신이 떠올릴 생각조차 못 했던 질문에 답을 주는 여행이다.

무슨 질문을 얻었고 무슨 답을 찾았는지.

민호는 아직은 잘 모르겠다는 생각이 들었다. 큰 의미가 있는 건 아니지만, 자연을 벗 삼아 여행하는 것의 즐거움을 깨달았다는 것에 의미를 두기로 했다.

여행이란 건 뒤가 아닌 앞을 보고 전진하는 것이고, 삶 또한 긴 시간을 두고 진행되는 여행일 뿐이니까.

'당장은 캠프장 들어가서 은하 씨한테 보고부터 해야겠어. 나한테 문자는 매일 보냈을까? 보냈을 거야. 이제는 은하 씨

봉사활동 끝날 때까지 내가 매일 보낼 차례. 후후~'

　무려 열흘 동안 목소리를 듣지 못해 더욱 생각나는 애인의
얼굴.

　"5분 끝! 출발합니다! 이제 1시간만 가면 도착점이니 힘
내요!"

　자연에서 벗어나 일상으로. 민호는 성큼 한발을 내디뎠다.

───────

Relic mark : 체로키 부족 용사의 축복.

Effect : 손등에 어린 기호가 빛나면, 숲이 하는 이야기를 읽을 수
있다.

Miracle Effect : 가끔, 숲의 신령한 기운을 느낀다.

Wild Space : 비버 저스틴이 쌓은 왕튼튼 보금자리.

Effect : 댐 건설을 위한 검은 새 계곡 일대의 각종 자원과 수로
가 한눈에 들어온다.

90.
M 슈프리머시 (1)

3일 후, 애팔래치아 트레일 종주대회 마지막 날 밤.

"전파가 왜 이렇게 안 터져."

민호는 휴대폰을 손에 쥐고 '록키 포크'란 간판이 붙어 있는 캠프장 망루 위에 올라섰다. 광대역 통신 인프라가 잘 갖춰진 한국과는 달리, 이 동네는 도시만 벗어나도 통신상태가 20년 전으로 돌아간 것만 같았다.

전파가 두 칸으로 오르는 난간 끝자리에 아슬아슬하게 등을 기대고 선 민호는 대회 종료기념 파티가 한창인 안쪽의 풍경에 시선을 돌렸다가 문자 어플을 열었다.

[은하 씨, 지금 통화 가능해요?]

보내기 버튼을 누른 뒤, 답문을 기다리는 시간. 그래도 여긴 와이파이라가 빠른 편이지만, 서은하가 있는 곳은 90년대 모뎀 속도 수준의 인터넷이라 즉시 답문이 올 수가 없는 구조였다.

최소 1분은 걸리기에 민호는 8일 전쯤 아프리카에 도착한 서은하에게서 매일매일 왔던 문자들을 쭉 훑어보았다.

[12.15-휴, 여긴 덥네요. 민호 씨가 있는 곳은 춥죠? 알아봤더니 한국 날씨랑 비슷하다던데.]

[12.16-레아 테일러 실제로 보니까 정말 아름다운 분 같아요. 마음씨도 곱고. 이래서 세계인이 좋아하는 배우인가봐요. 가는 곳마다 기자들이 아주······.]

[12.17-난민캠프는 서쪽으로 1,000km나 떨어져 있어요. 오늘 출발해서 그곳에 도착하면 전화하기가 쉽지 않을 것 같아요.]

[12.19-오늘은 부룬디에서 넘어온 난민가족을 처음 만났어요. 이 남매 사진 보내 줄게요. 제 피부가 하얗다고 도리어 아이들이 깜짝 놀라는 거 있죠? 업로드가 느려서 갈지 모르겠네요.]

[이미지 전송이 실패했습니다.]

[12.20-아, 다행히 UNHCR 측 캠프본부에서 인터넷 되는 곳을 찾았어요. 낮에는 몰라도 새벽에는 꽤 빠르게 사용

할 수 있을 것 같아요. 전송 완료! 디크와 니아. 일곱 살, 다섯 살이에요. 귀엽죠? 절 잘 따라요. 우리 애인한테 보내줄 사진이라니까 표정까지 진지하게 지어 주네요.]

  민호는 흑진주 같은 머리에 비쩍 말랐지만, 생기 있는 눈동자를 가진 두 꼬마 남매의 사진에 눈길이 머물렀다가 그 아이들의 손을 꼭 붙잡고 있는 서은하를 보았다.

  동양인 중에서도 피부가 하얀 편이었기에 유난히 도드라져 보이는 그녀. 주변 배경에 황량한 흙이 전부가 아니었다면 화보라고 해도 믿을 정도였다.

  민호는 그저 예쁘다는 말로 그녀를 평가하기에는, 저런 오지를 찾아가 어려운 처지의 난민을 진심으로 돕고자 하는 그녀의 마음을 폄하하는 것 같아, 며칠 전에도 '사진 속에 있는 은하 씨가 대단히 멋져 보인다'라는 답문으로 감탄을 대신 전했었다.

  띠리릭.

  그렇게 사진을 감상하던 중, 저 먼 탄자니아로부터 발신자 미확인의 전화가 왔다.

  "은하 씨?"

  ─아, 아. 제 말 들려요, 민호 씨?

  "네, 잘 들려요."

−와. Lea! Thank you for lending phone.

−Your welcome, Eunha. See ya〜

"이거 레아 전화예요?"

−맞아요. 로밍한 휴대폰보다 현지 전화가 음질도 좋고 빠르다고 해서 하나 샀대요. 레아는 스케줄 상 열흘만 머문다는데. 통 크죠?

어제도 그제도 통화하긴 했지만, 오늘따라 목소리가 훨씬 잘 들렸기에 서은하의 청량감 넘치는 목소리가 민호의 가슴을 포근하게 만들었다.

"은하 씨 귀국하려면 아직 22일 남았네요. 화상통화 하기도 쉽지 않고. 아〜 보고 싶다!"

−저도요.

"저만큼 보고 싶겠어요? 은하 씨는 디크랑 니아가 매일 놀아주잖아요."

−꼬마 애들한테 질투하는 거예요? 그래도 거긴 동물도 많고, 무척 웅장하다면서요?

민호는 구름 한 점 없는 밤하늘에 시선을 던졌다.

"지금은 볼 게 별밖에 없네요."

도시에서는 그래도 꽤 떨어진 곳이라 많은 별이 선명하게 보였다. 서울에선 결코 볼 수 없었던 색이 들어 있는 별. 노란빛, 혹은 주황으로 영롱하게 빛나는 저것을 그녀와 함께 보았다면 얼마나 더 아름답게 느껴졌을까?

　—별 예뻐요?

　"은하 씨 옆에 두고, 손 꼭 잡고 같이 보고 싶어요. 저렇게 각양각색으로 빛나는 별이 있다는 건 여기 와서 처음 알았거든요."

　—저도 보고 싶지만, 이곳은 해가 뜨기 시작해서. 그래도 저, 지금 민호 씨처럼 하늘 보고 있으니까 같이 본 거로 해요.

　"손은요?"

　—저는 두 손 꼭 잡고 있답니다.

　이곳 시각은 오후 10시. 저쪽은 새벽 5시쯤.

　같은 하늘 아래 있지만, 전화기에서 들려오는 거리감보다 훨씬 먼 곳에 그녀가 있었다.

　탄자니아 니아루구수, UN 난민기구 임시 캠프.

　서은하는 천막 밖으로 걸어 나와 하늘을 올려다보았다. 동이 터오는 수평선 아래로 아프리카의 티 없이 깨끗한 청광이 눈을 따뜻하게 파고들었다.

　—아직 하늘 보고 있어요?

　"네."

　—디크 그 녀석, 이제 일곱이지만 은하 씨 보는 눈이 심상치 않아요. 조심해야 해요. 귀여움에 넘어가지 말고.

투박한 구형 휴대폰 너머에서 들려오는 민호의 투덜거림에 서은하는 "풉" 하는 웃음을 터뜨렸다.

"고작 사진 한 장 봐놓고 그걸 어떻게 알아요?"

─지구촌 사내는 다 한마음인 겁니다.

"후후."

서은하는 고개를 내려 언덕 아래로 보이는 난민촌을 바라보았다. 뿌연 황토 위, 수천 개의 천막이 세워진 저곳에는 며칠 전에 만난 딱한 사연을 가진 디크와 니아의 가족도 자리를 잡고 있었다.

"오늘은 마을에서 식량 배급을 할 것 같아요. 레아랑 같이요. 참, 저 어제저녁에 BBC와 인터뷰도 했어요."

─세계로 뻗어 가는 은하 씨. 레아랑 술 먹지 않겠다는 약속은 잊지 않았죠?

"레아, 민호 씨가 생각하는 것처럼 그렇게 확 개방적인 분 아닌 거 같던데요?"

─은하 씨 저 믿죠?

"믿죠."

─그런 여자 맞습니다. 암요. 그렇게 마시고 흔들어 대다가 필름 끊기는 사람이 갑자기 성격이 변했을 리…… 오, 오해 말아요. 가십 기사를 찾아봤거든요.

마치 레아를 잘 알고 있는 것처럼 단정적으로 말하는 민호. 서은하는 그가 질투하고 있다고 생각하며 또다시 웃음을 흘렸다.

　ー저는 오늘 파티 일정이 끝이라 내일 귀국해요. 생각 같아선 은하 씨 옆으로 확 날아가고 싶지만, 영화랑 드라마 미팅이 잡혀 있어서. 공 매니저님이 연말 연기대상 시상식은 몰라도, 연예대상은 공중파 3사 전부 가야 한다나 뭐라나. 아무튼, 인기라는 게 있을 땐 마냥 좋다가도 이럴 때는 야속하네요. 가만, 내일이 크리스마스이브지? 아우, 보고 싶다!

　이른 새벽에 일어나 아침을 준비하기 직전 갖는 민호와의 통화시간은 너무도 달콤하고 행복했다. 서은하는 미소를 띤 채로 천막 앞을 거닐며 통화하다 수건을 목에 두르고 걸어나오는 금발의 백인 여성, 레아 테일러와 눈이 마주쳤다.

『아직도 통화 중이었어? 애인인가 봐. 웃음이 떠나질 않네.』

『미스 테일러. 그게요…….』

　ー응? 레아예요? 휘이~ 은하 씨 꼬시지 말고 저리 가세요~

『레아.』

『응?』

『저 애인 있다는 사실, 다른 사람한테는 비밀로 해주세요. 특히 기자한테는.』

『비밀 연애? 오~ 귀여운 커플이네.』

레아가 서은하의 옆으로 다가와 휴대폰에 가까이 입을 대고 말했다.

"You are very lucky. She is so~ pretty."

―아우, 깜짝이야.

갑자기 끼어든 레아가 손을 흔들며 우물가로 사라졌다.

"민호 씨 저도 이제 가봐야 할 것 같아요. 봉사단원들 거의 다 기상했거든요."

―내일도 가능하면 이 시간쯤에 할게요.

"끊기 전에 제일 듣기 좋은 말 하나만 해줘요."

―좋은 말? 서, 설마 그거요?

"맞아요, 그거."

―그렇게 대놓고 물으면 부끄럽지 않아요? 이런 건 점잖게 있다가 들어야…….

"오늘은 디크 손잡고 단둘이 나들이나 갈까아~"

―커험.

헛기침을 한차례 내뱉은 민호가 수화기 너머에서 나직이 입을 열었다.

―은하 씨, 사, 사랑…….

쑥스러운지 말을 못 있는 민호의 목소리에 서은하는 뺨이 약간 붉어진 채로 침착하게 기다렸다. 그리고 마침내 그 소리를 듣고, 활짝 웃으며 말했다.

"저도요."

통화를 끝낸 민호는 망루를 내려가려다 막 사다리를 밟고 올라선 갈색 머리의 여인을 보고 움찔 놀랐다.

『스칼렛?』

『하이, 미스터 강.』

민호는 순간적으로 스칼렛이 통화하는 걸 들었을까 걱정했으나 한국어를 전혀 못 알아듣는 걸 알기에 일단 안심했다.

『'Sarang heyo'. 이게 무슨 뜻이죠?』

『아…….』

하필이면 그 단어를 듣다니. 민호는 사랑의 사전적 의미를 떠올리고 직역이 아니라 뭉뚱그려 풀어서 얘기했다.

『아끼고, 베풀고, 따뜻하게 여기는 한국식 표현 같은 거죠.』

『아하.』

그녀가 이해하고 고개를 끄덕이기 무섭게 민호는 재빨리 화제를 돌려 물었다.

『여긴 왜 왔어요? 파티하는 곳에 있지. 그 마이클이라는 분하고 최종 인터뷰는 오전에 다 끝냈어요.』

『인터뷰 없으면 따로 말도 못 붙일 사이인가요, 우리가?』

열흘 동안 동고동락하며 고생을 함께해서인지 첫날과는 다르게 많이 친근해진 스칼렛이었다.

그러나 그녀의 어조가 그런 의미는 아닌 것 같아 민호는 멈칫할 수밖에 없었다.

『자요, 미스터 황이 챙겨 주더군요.』

스칼렛이 손에 쥐고 있던 맥주병을 내밀었다. 엉겁결에 받아드는데 그녀가 말을 이었다.

『이걸 주면서 미스터 강과 'manri-jangsung'? 이걸 꼭 쌓으라던데. 무슨 뜻이죠?』

『그, 글쎄요……. 무슨 말인지 모르겠네요.』

『제 발음이 이상한가요?』

민호는 고개를 끄덕이며 잡아뗐다. 전화 좀 하고 오겠다고 얘기하고 나올 때 마주친 이가 황지석이었기에 스칼렛이 망루에 왜 올라왔는지 조금은 이해가 갔다.

『여기 전망도 좋은데, 조금 있다가 갈까요?』

야외활동복이 아니라 원피스를 입고 있어서인지 훨씬 여성스러워 보이는 그녀가 망루 난간에 다리를 내밀고 걸터앉았다.

민호는 술은 그다지 당기지 않았으나 이곳에 그녀를 홀로 놔두고 그냥 내려가 버리는 것도 이상했기에 옆에 앉았다.

어차피 '맨 앤 정글' 출연자와 스텝이 한데 모여 있는 곳에 가면 그들이 술 마시는 것을 멀뚱히 쳐다만 봐야 하는 건 마찬가지였다.

『아침까지 다들 저렇게 있을 건가 봐요.』

스칼렛이 모닥불 주변에 삼삼오오 앉아 있는 사람들을 가리켰다.

한국 팀을 비롯해 종주에 참가한 모든 인원이 한자리에 모여 여행 간에 벌어진 크고 작은 사건들을 서로 정답게 나누는 시간.

할 이야기도 산더미겠지만, 내일이면 이 지역을 떠나야 한다는 아쉬움 때문인지 누구 하나 자리를 뜬 이가 없었다.

맥주를 한 모금 넘긴 스칼렛이 민호를 보았다.

『종료점 통과하고 이틀 동안 촬영본 정리하느라 미스터 강 얼굴 볼 시간도 없었어요. 아쉽게도 말이에요.』

『지금 실컷 봐두세요.』

민호가 스칼렛을 보며 웃었다. 스칼렛은 그런 민호를 흘끔 보고 우울한 기색으로 맥주를 다시 넘겼다.

『……라고 얘기하면 제가 너무 매너 없는 사람이 될까요?』

『저한테 관심 없다는 얘기를 돌려 말하는 거니까 매너는 충분한 사람인 거죠. 나도 참, 동양 남자에게 이렇게 빠져들 줄은 몰랐네요.』

스칼렛의 이야기에 민호는 아무런 대답을 하지 않았다.

여행 중반부터 자신에게 관심을 표현해 온 그녀가 간접적으로나마 고백을 해왔다. 그리고 자신은 그것을 거절한 셈이됐고.

사람이 사람에게 호감을 느낀다는 건, 인위적으로 제어한다고 할 수 있는 것이 아니라는 사실. 서은하가 예전에 해줬던 말은, 어쩌면 상대방이 상처를 가장 덜 받고 마음을 접을 수 있게 만드는 태도일지도 모르겠다는 생각이 들었다.

『헨리가 미스터 강을 스카웃하고 싶어 하던데.』

『스카웃이요?』

『팀 '리얼리스트'의 블로그 동료로요. 9번 팀 촬영본 몇 개 보더니 항복을 선언했어요. 이런 여행길은 처음 본다고. 방송 즉시 화제에 오를 것은 당연하다는 듯 얘기하더군요.』

블로그에 연계되어 있는 아웃도어 광고가 어쩌니, 동영상 조회수만큼 이익 배분이 어쩌니 하는 헨리의 조건을 말하던 스칼렛이 픽 웃었다.

『전혀 관심 없군요?』

『제 여행은 종료됐으니까요. 우리 저스틴이나 인기 좀 끌게 많이 내보내 주세요.』

『맞다. 그거 때문에 지금 야생동물학자 캐스팅 중인 거 알기나 해요? 대체 어떻게 그렇게 친해질 수 있었던 건가요?』

『댐 구멍 막아주는 거 스칼렛도 봤잖아요.』

『애초에 댐 구멍은 어떻게 발견한 건데요?』

『탐험가의 직감이죠.』

『하, 끝까지 발뺌이네요.』

스칼렛은 물끄러미 민호를 보았다. '당신은 대체 어떤 사람'이냐는 듯한 호기심이 가득 담긴 눈길.

여행 내내 지켜봤음에도 어떤 부류인지 확인하기는커녕, 궁금증만 산더미처럼 늘어버렸다. 그녀의 눈빛을 캐치한 민호가 멋쩍은 웃음과 함께 말했다.

『제가 바로 한국의 연예인입니다. 하하!』

『미스터 강. 아니, '강민호'라고 불러도 되죠?』

다른 한국어 발음은 어색한 그녀가 '강민호'는 또박또박 발음했다.

『그럼요.』

『당신이 아끼고, 베풀고, 따뜻하게 여기는 그 사람. 그 사람은 강민호가 어떤 사람인지 잘 알겠죠?』

『아⋯⋯.』

『부럽네요.』

'사랑'이란 단어, 알고 있으면서 물었던 거였다. 민호는 스칼렛의 눈길에 고개를 끄덕이면서도 가슴 한쪽에선 이런 생각이 들지 않을 수 없었다.

'은하 씨도 나에 대해 다 모르는걸.'

가문의 비밀. 애장품. 그리고 그것에 얽힌 수없이 많은 이야기. 아마도 언젠가는 얘기할 날이 오겠지. 그때는 서은하가 어떤 반응을 보일지 모르겠다.

늦은 밤, 숲 속 깊숙이 자리한 캠프장.

모닥불과 밤하늘과 누군가의 연주에 잔잔히 울리는 기타 소리까지. 여행길에서 마주쳤다가 근사한 경험을 안고 돌아가는 이들의 밤은 그렇게 끝나지 않을 것처럼 계속됐다.

"가, 강민호 씨 진짜……."

하 PD는 이른 아침, 내셔널 지오그래픽 측에서 건네받은 '맨 앤 정글'팀 촬영본을 확인하다 벌린 입을 다물지 못하는 중이었다.

미로의 숲을 지나며 새소리를 따라 이 지역 인디언처럼 앞장서 걷는 민호의 활약은 시작일 뿐이었다.

동굴 속에서 인디언의 무덤을 발견하고, 거대 사슴이 출몰해 일행 모두 얼어 있는 와중에 달려들어 앞을 가로막고, 늪지대를 가볍게 건너고, 검은 새 숲에 얽힌 인디언의 아픈 사연에 슬퍼하고, 일행들을 다독이고 치료해서 대장관이 펼쳐지는 호수에 도착하기까지. 영상은 끝없이 감탄으로 이어졌다.

여기에 일행들이 비버와 하루를 보내는 장면은 정말이지 신기하다고밖에 생각할 수 없는 모습이었다. 인위적인 연출로는 도저히 만들 수 없는 여행기. 그것이 지금 이 촬영본이었다.

"조연출. 네 생각도 마찬가지지?"

"시청률 20%. 아니, 25까지 봅니다."

"나 국장님이랑 통화 좀 하고 올게."

지이잉.

숙소 밖으로 걸어 나가던 하 PD는 휴대폰이 울려 발신자를 확인해 보았다. '나 PD'라는 이름이 떠 있었다.

"어, 영광아."

─지금 도착했어. 애틀랜타 공항에 따로 민호 씨 픽업하려고 날아왔다.

"네가 직접? 엉덩이 무겁고 몸값 높은 PD가 웬일이셔?"

─강민호 씨잖아. 내가 왔어도 걱정이다. 민호 씨가 성격이 좋긴 하지만, 재미없으면 절대 안 하거든. 청춘일지 시청률 고공행진할 때 다른 연예인은 어떻게든 출연하고 싶어 안달인데, 민호 씨는 언급도 안 하더라고.

"거기 게스트 나간다고 내 프로 깐 연예인이 좀 있지."

─그랬냐? 미안타. 거기 촬영은 잘 끝났지?

"우리 촬영본 보면 아마 깜짝 놀랄 거다."

―강민호 씨 데리고 촬영하는데 분량 촥촥 나올 건 당연한 거지. 새삼스레 왜 그래? PD 원데이 투데이 해본 것도 아니고.

"네가 생각하는 그 정도 수준이 아니야. 내셔널 지오그래픽 쪽 PD 마이클 장이 방송 나가는 2월 말에는 '투나잇' 쇼나 '엘런' 쇼는 확정적으로 출연해야 할 거라고 하더라."

―무슨 활약을 했길래 전 미국 시민이 애청하는 토크쇼 얘기를 해?

"너 청춘일지에서 동물원 가서 딩고 갖고 뽑았던 회차 있지?"

―중국까지 난리 났었지.

"그거 딱 10배?"

―웃기지 마.

"내셔널이랑 연계했더니, 촬영 때깔부터 스펙타클한 구도 자체가 그냥 예술이야. 파급력이 다르다고. 너희 방송국 다큐멘터리 중에 눈물 시리즈처럼 나중에 재편집해서 영화로 개봉해도 되겠어."

―……그 정도야?

"정 궁금하면 저녁에 공항에서 티저 편집본 미리 구경시켜 줄게."

하 PD는 자신만만하게 선언해 놓고 전화를 끊었다. 그러다 이 자랑에 심기일전한 나 PD가 청춘일지 신년특집에서 강민호를 데리고 초대박 예능을 찍으면 그것도 큰일이라는 생각에 '저스틴'은 보여주지 말아야겠다고 생각을 고쳐먹었다.

"드디어 집으로 가는구나~"

록키 포크 캠프장에서 8시간을 이동한 끝에 애틀랜타 공항이 눈앞에 보이자 버스 안에 앉아 있던 황지석이 들뜬 음성으로 말했다.

"종주 끝난 지 며칠 지났다고, 이젠 꿈같아. 지석 형님은 안 그래요?"

"나는 아직도 두근두근한데?"

"마인드가 젊으셔. 민호 씨는 느낌이……."

긴 버스 이동에 잠자리가 불편할 법도 하건만, 구석 자리에서 새근새근 잘도 잠을 자는 민호를 본 황지석은 고개를 저으며 웃었다.

"하여튼 특이한 친구야. 민호 씨, 우리 다 왔어."

흔들어 깨우자 민호가 스르르 눈을 떴다.

공항의 전경을 확인한 민호는 크게 기지개를 켠 후 백팩을 어깨에 걸었다.

"그러고 보니 민호 씨는 항상 그렇게 바리바리 싸들고 다니는 거 같아. 뭐, 보물이라도 들고 다녀?"

"하암~ 이거요?"

민호는 애장품이 가득 담긴 가방을 툭 치며 웃었다.

"별 물건은 아니지만, 하나하나가 보물이죠. 저한테는."

간단히 소지할 수 있는 유품과 애장품이 가득 담겨 있는 가방. 이것만 있으면 어느 곳을 가더라도 두렵지 않았다.

버스가 완전히 멈추고, 맨 앞자리의 조연출이 일어나 외쳤다.

"현재 시간 6시! 인천 비행편은 오후 9시 탑승이니까, 모두 수속부터 먼저 하고 휴식 취하세요! 8시 30분에 게이트 앞에서 집합하겠습니다!"

오후 7시.

민호는 애틀랜타 공항 내부의 카페테리아에 앉아 있었다. 하 PD가 따로 긴히 할 말이 있다고 해서 기다리는 와중에 배가 고파 시켜 놓은 샌드위치를 한입 베어 물고, 휴대폰을 들었다.

비행기는 9시 출발. 그 시간이면 아직 잠을 자고 있을 서은하에게 문자만 남겨 두고 한국에 가서 통화할 생각이었다. 대신 그녀가 아쉬워할까 봐 동영상을 찍어 보내면 어떨까 해서 구도를 잡는 중이었다.

'거의 보름 만에 얼굴 비치는 건데 멋지게 나와야지.'

휴대폰을 보며 이리저리 각도를 재어보고 있는 와중에 건너편 자리에 누군가 앉았다.

당연히 하 PD일 것이라 여기고 고개를 돌린 민호는 흠칫할 수밖에 없었다.

'청춘일지'와 '달인의 조건' 메인 연출자, 나영광 PD가 함박웃음을 지은 채로 앉아 있는 것이다. '

"나 PD님?"

"반가워요, 민호 씨! 이런 곳에서 보네요. 우연도 이런 우연이."

계략을 품고 있는 눈빛을 친근한 웃음 뒤에 가리고 있는 아주 사악한 표정. 민호는 뭔가 잘못됐음을 직감하고 얼른 말했다.

"아이고, 반가워라. 저 탑승 수속해야 해서. 한국에서 봬요."

벌떡 일어서는 민호에게 나 PD가 외쳤다.

"그 수속 저희가 이미 다 밟아 놨습니다. 특A급 비즈니스 석으로요."

그러고는 휴대폰을 들어 녹음된 음성을 틀었다.

-민호 오빠, 우리 한 번 만 도와주시면 안 돼요?

-기회 되면 뭐, 언제든……."

중간 대화 과정이 작위적으로 생략된 녹음 음성에 민호는 이것이 함정이었구나 깨달았다.

"나 PD님. 이렇게 조작된 구두 약속은 효력이 없는 거 아시죠?"

"민호 씨, 이거 한번 봐주시고 생각해 주세요."

나 PD가 노트북을 열어 동영상 하나를 틀었다.

현란한 꽃무늬 셔츠와 반바지를 입은 걸세븐. 작열하는 태양 아래 넘실거리는 파도가 보이는 이국적인 풍경 앞에서 환호하며 달려가는 그녀들.

해변에서 해수욕을 즐기며 기분 좋은 한때를 보내는 영상이 이어졌다.

"여긴 하와이입니다."

"지금 촬영 중인 거예요?"

"네, 바로 어제였죠. 방송도 안 된 풋풋한 영상입니다."

화면은 계속되어 걸세븐이 한 부두에 멈춰 섰다. 그곳에서 제작진이 숫자가 쓰여 있는 푯말을 내밀었다.

-지금부터 미션지가 있는 섬으로 이동할 때 사용할 방법을 택하겠습니다.

1번부터 7번까지. 멋들어진 요트, 바나나보트와 제트스키, 보트 뒤에 낙하산을 달고 이동하는 파라세일링까지 다양한

복불복 이동 방법이 선택됐다.

맏언니 역할인 오소라는 그녀의 차례에 직접 노를 저어야 하는 카약이 당첨되어 주저앉았다.

−언니, 고생해!

−나 먼저 간다~

−이것들이 지들만 살겠다고 날 버리고 가?

신년 특집으로 꾸려진 청춘일지는 하와이의 이국적인 무인도에서 겪는 걸세븐의 좌충우돌 생존기였다. 오소라의 카약에 달린 카메라를 시점으로 그녀가 생고생하며 건너편 섬으로 이동하는 영상이 흘러나왔다.

−으휴, 내가 때려치우고 말지. 앗 차거.

그렇게 섬에 거의 다 왔을 무렵, 오소라의 시선에 먼저 와 있던 멤버들이 무얼 하고 있는지가 눈에 들어왔다.

땡볕 아래, 수백 제곱미터에 달하는 파인애플밭이 펼쳐져 있고, 거기에 들어가 모두 땀을 뻘뻘 흘리며 파인애플을 따고 있는 모습.

−어…….

하와이 섬의 장밋빛 생존기는 낚시. 이건 하와이로 무대를 바꾸고 수확하는 과일만 변경한 영락없는 농촌 체험이었다.

−나 돌아갈래—!

민호는 보고 있으면서 쿡쿡 웃음이 나오는 건 어쩔 수가 없었다. 직접 하는 건 힘들지만, 밖에서 볼 때는 언제나 즐거운 걸세븐의 체험담이었다.

"오늘까지는 저런 촬영이고, 내일부터 실제 무인도에 들어가 생존하는 것도 체험해 보려고 하거든요. 민호 씨는 미션을 할 필요도 없습니다. 그냥 걸세븐에게 명령만 하고, 무인도에서 하루만 지내면 돼요. 민호 씨가 '맨 앤 정글' 촬영하면서 전문가 수준의 교육을 이수했다고 하 PD가 자랑하더군요. 그 능력을 아주 조금만 보여주세요."

나 PD가 간절한 음성으로 말을 이었다.

"신년 특집이고, 민호 씨를 애타게 찾는 시청자들을 위한 거다. 이 출연에 저희 QBS 연말 연예대상에서 신인상 자리까지 걸려 있다. 이렇게 거창한 소리 아니에요. 생각해 보세요. 대한민국 최고 인기를 얻고 있는 걸세븐과 무인도에서 하룻밤. 세상 어떤 남자가 이걸 싫어한답니까?"

나 PD의 설득은 민호를 솔깃하게 했다. 분명 먹으면 몸에 나쁜 걸 알고 있는 달콤한 불량식품을 눈앞에서 흔드는 기분이랄까?

민호는 되물었다.

"그래서 제가 고생할 만한 함정을 만들어 놓으셨어요, 아니에요?"

"솔직히 말씀드릴게요. 그래도 예능이니까, 재미를 위해서 아~주 조금은?"

한숨을 푹 쉰 민호는 노트북 화면 속에서 생고생 중인 오소라에게 시선이 머물렀다. 한국 가면 듀엣도 해야 하고, 피아노 연습도 시켜야 하는데 저렇게 고생하는 걸 못 본 척하기도 좀 그랬다.

"스케줄이 회사 차원에서 이미 조정됐을 테니 제가 거절한다고 하면 많은 분이 곤란해질 테고. 수락할게요. 그 대신, 이번에는 나 PD님이 절 강제 소환한 걸 후회하실 정도로 예능이 아니라 철저히 다큐로……."

이렇게 말하던 민호는 공항 안에 있던 TV에서 흘러나오는 영상을 보고 대화를 멈췄다. 민호가 TV에 시선을 집중하자, 나 PD도 고개를 돌렸다.

공항 곳곳에 있던 TV가 모두 'CNN' 채널에 맞춰져 있는 상황이었다.

「뉴스 속보입니다. 탄자니아 시각으로 어제저녁, UN 난민기구 소속으로 니아루구수 일대에서 봉사활동을 하던 배우 '레아 테일러'가 부룬디의 반군 측에 납치된 사실이 확인됐습니다. 서부 지역을 거점으로 독립 투쟁 중인 홀리사리오 전선 측은 니아루구수의 난민캠프와 국경 15km 지점에서 반군이 이용한 지프를 발견하였고, 이들이 부룬디로 도주한 것으로 보이며, 이번 납치가…….」

가슴이 철렁 내려앉는 뉴스.

민호는 반사적으로 휴대폰을 들어 서은하의 번호를 눌렀다.

신호가 가기 무섭게 받을 수 없다는 소리만 되돌아왔다.

민호뿐만 아니라 이 경악할 만한 소식에 공항에 있던 이들 대부분 TV로 모여들기 시작했다. 나 PD는 세계적인 배우가 무장 단체에 납치됐다는 사실에 할 말을 잃고 TV에서 들려오는 정보 해석에 주력했다.

「사건 발생 지역은 UN군이 경계를 유지하고 있고, 봉사 단원들을 보호하기 위해 홀리사리오 전선 측의 자경 활동도 이루어지고 있어 비교적 안전한 지역으로 평가됐습니다. 전문가에 따르면, 최근 내전으로 자금 압박을 받는 부룬디 반군이 피랍자에 대한 석방금을 수입원으로 활용하고자 하는 목적일 가능성이 크다고 합니다.」

"나 PD!"

스텝들과 있던 하 PD도 이 소식에 헐레벌떡 다가와 TV 앞에 섰다.

"이게 무슨 일이래?"

"나도 모르겠어. 무서워라. 저 동네 진짜 흉흉하네. 레아 테일러가 납치되다니."

"가만, 저기 우리 한국 배우도 가지 않았어?"

"아, 맞아. 배우 서은하 씨. 나 출국 전에 기사를 본 거 같아."

계속해서 뉴스를 주시 중이던 민호는 혹시나 싶어 어젯밤에 통화했던 번호로 전화를 걸었다.

뚜르르르.

신호음이 가고, 달칵하는 소리가 들렸다.

"은하 씨?"

잡음, 부스럭거리는 소음이 들린 이후 누군가의 조용한 목소리가 영어로 전해졌다.

─이게 왜 갑자기 울려?

『레아?』

─응? 잠깐, 당신 혹시?

『서은하. 그녀가 함께 있어요?』

─은하라면 옆에…….

─거기! 멈춰! 전화 당장 내려놔!

콰직! 하는 소리와 함께 통화가 거칠게 끊겼다.

「……현지에 나가 있는 통신원에게서 방금 들어온 속보입니다. '레아 테일러'와 마찬가지로 그녀와 함께 봉사활동을 하던 각국의 배우들도 모두 납치된 것으로 확인됐으며, 트럭에 음식을 싣고 단체로 이동하던 중에 계획적으로…….」

"저런."

"서은하 씨가 납치된 거야?"

나 PD와 하 PD가 계속된 충격적인 뉴스에 혀를 찼다.

"민호 씨, 서은하 씨와 잘 알지 않아요?"

고개를 돌려 이렇게 묻던 나 PD는 방금까지 옆에 서 있던 민호가 온데간데없이 사라진 것을 보고 고개를 갸웃했다.

to be continued

SUPER ACE
슈퍼에이스

예성 장편소설

야구 선수의 프로 계약금이 내 꿈을 정했다.

"왜 야구가 하고 싶니?"

"돈을 벌고 싶어요!
집을 살 수 있을 만큼!"

시작은 돈을 벌기 위해서였다.
하지만 이제는 꿈의 그라운드를 위해서
메이저리그 명예의 전당을 노린다!

지갑송 퓨전 판타지 장편소설

Wish Book

레벨 업하는 몬스터

[특성개화 100% 완료]

시스템 활성화
특성 개화로 인하여 종족 변경:
인간 ➡ 몬스터

인간과 몬스터가 공존하는 현대.
갑작스런 특성의 개화.
기사도 사냥꾼도 아닌 몬스터로 종족이 변했다!
더 이상 인간으로 생활이 불가능한 상황!

"도대체 뭘 어떻게 하면 되냐고!"

처절하게 레벨을 올려야
사람으로 살 수 있다!